사람의 아들 예수

세계문학산책 42
사람의 아들 예수

지은이 칼릴 지브란
옮긴이 붉은여우
펴낸이 안용백
펴낸곳 (주)넥서스

초판 1쇄 인쇄 2013년 6월 5일
초판 1쇄 발행 2013년 6월 15일

출판신고 1992년 4월 3일 제311-2002-2호
121-840 서울시 마포구 서교동 394-2
Tel (02)330-5500 Fax (02)330-5555

ISBN 978-89-6790-162-2 04800

출판사의 허락없이 내용의 일부를
인용하거나 발췌하는 것을 금합니다.

가격은 뒤표지에 있습니다.
잘못 만들어진 책은 구입처에서 바꾸어 드립니다.

www.nexusbook.com
지식의숲은 (주)넥서스의 인문교양 브랜드입니다.

세계문학산책 42

칼릴 지브란
사람의 아들 예수

붉은여우 옮김 | 김욱동 해설

지식의숲

예수의 탄생
— 마리아의 어머니 안나

내 딸이 낳은 예수는 나사렛에서 12월에 태어났습니다.

예수가 태어난 날 밤에 동방에서 사람들이 찾아왔었지요.

그들은 이집트로 가는 미디안의 상인들과 함께 에스드랠론에 온 페르시아 인들이었습니다.

동쪽 하늘에서 빛나는 이상한 별을 보고 그 별을 따라서 왔던 것이지요.

나는 그들을 맞이하면서 말했습니다.

"제 딸이 오늘 밤 아들을 낳았답니다. 그러니 제가 손님 접대를 제대로 하지 못하더라도 좀 양해해 주십시오."

저녁 식사를 한 뒤에 그 손님들은 새로 태어난 아기를 보고 싶다고 하더군요.

그때는 이미 마리아가 아들을 씻긴 뒤였고, 마리아도 어느 정도 안정을 되찾았을 때였습니다.

페르시아 사람들은 마리아와 아기를 보더니 자루에서 금과 은, 그리고 유향과 몰약을 꺼내 아기 가까이에 놓았습니다.

그러고는 땅에 엎드려 우리가 알아들을 수 없는 낯선 언어로 기도를 올렸지요.

내가 그들을 침실로 안내했을 때, 그 사람들은 마치 어떤 위엄에 압도당한 것처럼 보였습니다.

아침이 되자 그들은 내게 말했습니다.

"그 아기는 아직 태어난 지 하루밖에 안 되었지만, 우리는 그 눈빛 속에서 하느님의 빛을 느낄 수 있었고, 그 입가에서는 하느님의 웃음을 볼 수 있었습니다. 그 아기를 잘 돌봐주실 것을 당신들에게 부탁드립니다. 그러면 그 아기는 장차 여러분 모두를 보살피게 될 것입니다."

그렇게 말하고 나서 그들은 낙타에 올랐고, 우리 집을 떠나 이집트 쪽으로 향했습니다.

그 후로는 그들을 더 이상 볼 수 없었습니다.

그런데 마리아는 아기를 낳고 나서, 기쁨보다는 놀라움으로 가득 차 있는 듯했습니다.

그녀는 한참씩 아기를 들여다보다가는 창밖으로 눈길을 돌려 하늘 저편 먼 곳을 응시하곤 했습니다. 그럴 때면 마치 어떤 계시를 보고 있는 듯했지요.

이미 마리아의 마음과 내 마음 사이에는 깊은 골짜기가 가로놓여 있는 것 같았습니다.

그 아이는 자라면서 다른 아이들과는 뭔가 달라 보였습니다. 늘 혼자 있었고, 다루기가 어려워 나는 그 애를 야단칠 수가 없었습니다.

그러나 그 애는 나사렛의 모든 사람에게서 사랑을 받았고 나는 그 까닭을 잘 알고 있었지요.

그 애는 우리가 먹을 음식을 나그네에게 대접하는 일이 잦았습니다. 또 내가 맛있는 과자를 주기라도 하면, 저는 맛도 보지 않고 다른 아이들에게 나눠 주기도 했습니다.

예수는 우리 과수원에 있는 나무에 올라가 과일을 따는 일이 많았지만 한 번도 자기가 먹는 법이 없었습니다.

그리고 친구들과 달리기 시합을 할 때면, 가끔은 일부러 늦게 달려 친구가 이기도록 해 주기도 했지요. 자기 발이 빠르다는 것을 잘 알고 있었으니까요.

어쩌다가 내가 그 애를 잠자리로 데려갈 때면 내게 이렇게 말했습니다.

"엄마랑 다른 분들에게 단지 제 몸만이 잠드는 거라고 전해 주세요, 할머니. 그분들의 마음이 내일 아침 제게로 와 닿을 때까지, 제 마음은 그분들 곁에 있다고요."

그 밖에도 예수는 어릴 적부터 깜짝 놀랄 얘기를 참 많이 했습니다. 하지만 이젠 내가 너무 늙어서 잘 기억할 수가 없군요.

그런데 사람들이 이제는 그 애를 만날 수 없다고들 하더군요. 하지만 전 그 말을 믿을 수가 없습니다.

아직도 그 애의 웃음소리와 집 근처를 맴도는 뜀박질 소리가 귓가에 생생합니다. 내 딸의 뺨에 입 맞출 때마다 그 애 내음이 내 가슴에서 되살아나고, 그 애가 내 팔에 안긴 듯한 느낌이 든답니다.

그러나 내 딸이 그 아이에 대해 나한테 한마디도 하지 않는 건 정말 이상한 일입니다.

어떤 때는 예수를 그리워하는 마음이 제 어미보다 내가 더 절실한 것처럼 느껴집니다. 그러나 마리아는 마치 동상처럼 굳세게 견뎌 내고 있습니다. 내 가슴은 슬픔으로 녹아내리는 것 같은데도 말입니다.

아마도 마리아는 내가 모르는 그 무언가를 알고 있기 때문이겠지요. 그걸 내게도 알려 주면 좋으련만······.

예수의 어린 시절과 청년 시절
— 마리아의 이웃 친구였던 수산나

마리아가 목수 요셉의 부인이 되기 전, 우리 둘 다 처녀였을 때부터 나는 예수의 어머니 마리아를 잘 알고 있었다. 그 당시에 마리아는 하늘의 계시를 보고, 하늘에서 들려오는 목소리를 들었다고 했다. 그리고 그녀는 꿈에 자신을 찾아온 하늘의 천사들에 관한 이야기도 함께 들려주었다.

나사렛 사람들은 마리아에게 깊은 관심을 기울였고 그녀의 생활 등을 유심히 살펴보았다. 그들은 그녀를 부드러운 눈길로 바라보았다. 그녀의 이마에는 어떤 고귀함이 깃들어 있었고, 그 걸음걸이는 마치 하늘 위를 걷는 것처럼 보였기 때문이다.

그러나 마을 사람들 몇몇은 마리아가 악마에게 사로잡혔다고 수군거렸다.

마리아는 젊었지만 그녀에게선 깊은 성숙함이 느껴졌다. 그녀는 인생의 봄에 이미 풍성한 가을의 결실을 맺었기 때문이었다.

그녀는 우리와 함께 나서 자랐지만 먼 북쪽 나라에서 온 이방인 같았다. 그녀의 눈빛 속에는 우리가 알 수 없는 어떤 경이로움이 듬뿍 담겨 있었다.

그녀는 나일 강에서 광야까지 형제들과 함께 걸어온 그 옛날의 미리암처럼 당당했다.

그때 마리아는 목수인 요셉과 약혼한 사이였다.

예수를 갖게 되자 마리아는 날마다 언덕 사이를 거닐다가, 저녁이 되면 두 눈에 가득 사랑과 아픔을 담고서 집으로 돌아오곤 했다.

예수가 태어나자 마리아는 자기 어머니에게 이렇게 말했다.

"전 아주 훌륭한 나무예요, 어머니. 이 열매를 좀 보세요."

산파였던 마르타도 곁에서 그 말을 들었다.

사흘 뒤 나는 마리아를 찾아갔다. 그녀의 눈에는 경이로움이 가득했다. 가슴은 한껏 부풀어 있었고, 마치 진주를 품은 조개처럼 자기 아이를 소중하게 안고 있었다.

우리는 마리아의 아이를 사랑 가득한 눈길로 바라보았다. 아기에게선 따스함이 느껴졌고, 맥박이 힘차게 뛰고 있었다.

세월이 흘러 아기는 늘 미소를 짓는 소년으로 자라났다.

그 애가 우리와는 어딘가 좀 달라 보였기 때문에 우리는 그 애가 커서 무엇이 될지 전혀 짐작할 수가 없었다. 그 애는 모험을 좋아했고 아주 대담했지만, 남에게 화를 내는 일은 결코 없었다.

그는 언제나 다른 아이들을 이끌고 다니는 것 같았다.

예수가 열두 살이 되었을 때, 한번은 장님의 손을 잡고 개울을 건네준 일이 있었다.

장님은 고마운 마음으로 예수에게 물었다.

"애야, 넌 어디 사는 누구냐?"

그러자 예수는 대답했다.

"전 어린애가 아니에요. 예수입니다."

"아버지는 누구신데?"

"하느님이 제 아버지십니다."

장님은 웃음을 터뜨리고는 다시 물었다.

"그래? 애야, 그럼 어머니는?"

"전 애가 아니라니까요. 제 어머니는 바로 이 대지입니다."

그러자 장님은 중얼거렸다.

"그렇다면 하느님과 대지의 아들이 나를 부축해 개울을 건네주었다는 말이로군."

예수는 다시 이렇게 대답했다.

"당신이 가고자 하는 곳이면 어디든지 저는 당신을 인도할 것입니다. 그리고 제 두 눈이 당신의 발이 될 것입니다."

그는 우리 집 뜰에 있는 귀한 야자나무처럼 무럭무럭 자라났다.

열아홉 살이 되자 그는 수사슴처럼 매력적인 젊은이가 되었고, 두 눈은 날마다 새로운 놀라움과 사랑으로 가득했다.

그의 입술에는 물가를 찾는 목마른 짐승 같은 갈증이 묻어 있었다.

그가 홀로 들판을 거닐 때면 모든 나사렛 처녀들의 눈길이 그 뒷모습을 좇았다.

하지만 모두들 그 앞에 서면 수줍어 할 뿐이었다.

사랑은 아름다움 앞에선 언제나 수줍어 하듯이 아름다움은 사랑이 영원토록 흠모하는 대상일 수밖에 없다.

좀 더 세월이 흐르자 그는 갈릴리의 성전이나 성전 마당에서 사람들에게 설교를 하기 시작했다.

때때로 마리아는 아들을 따라가 그가 하는 말과 자신의 가슴에서 울려 나오는 소리를 들어 보곤 했다. 하지만 그가 제자들과 함께 예루살렘으로 떠나갔을 때는 따라가지 못했다.

북쪽 지방에서 온 사람들은 예루살렘 거리에선 종종 놀림감이 되었다. 성전에서도 마찬가지였다.

그래서 자존심이 강한 마리아는 남쪽으로 가고 싶어 하지 않았다.

예수는 동쪽과 서쪽에 있는 다른 나라에도 들렀다. 우리는 그가 갔던 곳을 자세히 알지는 못 하지만, 언제나 마음속으로는 그를 따라다녔다.

해질 무렵이면 마리아는 문밖에 나와 그가 돌아올 길 쪽을 바라보며 기다렸다.

그가 돌아오자 마리아는 우리에게 이렇게 말했다.

"이제 그는 너무 커서 내 아들이라고 생각되질 않아. 내 고요한 마음으로 받아들이기엔 너무 웅장하거든. 그를 뭐라고 불러야 할지 모르겠어."

아마도 마리아는 평야가 산을 낳았다는 사실을 믿을 수 없었던 모양이다. 그녀의 순진한 영혼은 산등성이가 정상으로 오르는 길이라는 걸 깨닫지 못했다.

마리아는 그를 잘 알고 있었지만, 그가 자신의 아들이었기 때문에 오히려 그를 감히 더 알려고 하지 않았다.

어느 날, 예수가 어부들을 만나러 호숫가로 갔을 때 마리아는 내게 말하였다.

"대지에서 태어났지만 잠시도 쉬지 못하는 그는 대체 누굴까? 하늘의 별들에게 간절히 기도하는 그는 누구일까?

내 아들은 곧 기도야. 그는 하늘에 기도하는 우리 모두이지.

내 아들이라…… 오, 하느님! 용서해 주십시오. 아직도 저는 그 아이의 어머니이고 싶습니다."

마리아와 그의 아들에 대해 더 이상 이야기하긴 어렵다. 그러나 내 목소리가 쉬어 여러분 귀에 가물거린다 해도 내가 본 것과 들은 사실은 이야기해야겠다.

붉은 아네모네가 언덕 위에 활짝 피어 있을 때, 예수는 제자들을 불러 말했다.

"예루살렘으로 가서 유월절을 기념해 양을 잡는 광경을 보자."

바로 그날 마리아는 내게 와서 문을 두드렸다.

"그가 예루살렘으로 간대. 다른 사람들과 함께 그를 따라가 보자."

우리는 마리아와 예수를 따라 먼 길을 걸어 마침내 예루살렘에 이르렀다. 길목에서 많은 사람이 우리 일행을 환영했다. 그를 따르는 사람들에겐 예수의 예루살렘 입성이 일종의 계시였기 때문이었다.

하지만 그날 저녁 예수는 제자들을 이끌고 그곳을 떠났다. 우리는 그가 베다니로 갔다는 말만 들었을 뿐이었다.

마리아는 우리와 함께 여인숙에 묵으면서 그가 돌아오기를 기다렸다.

그러나 목요일 저녁, 그는 붙잡혀 감옥에 갇혔다.

그가 죄인이 되었다는 말을 들었을 때 마리아는 한마디도 하지 않았다. 하지만 우리는 그녀의 눈 속에서, 옛날 그녀가 새 신부였을 때 보여 주었던 그 기쁨과 고통을 엿볼 수 있었다.

마리아는 결코 울지 않았다. 다만 우리 사이를 천천히 거닐 뿐이었다.

우리는 방에 가만히 앉아 있었다. 그러나 그녀는 곧 일어서서 이리저리 걸어 다녔다.

그러다가 창가에 우뚝 선 채 동쪽을 바라보며 손가락으로 머리를 빗어 넘기기도 했다.

동틀 녘이 되도록 그녀는 그 자리에서 좀처럼 움직일 줄 몰랐다. 사람 하나 없는 텅 빈 들판에서 홀로 나부끼는 깃발처럼…….

우리는 모두 흐느꼈다. 마리아의 아들이 어떤 운명에 처하게 되리라는 걸 잘 알고 있었기 때문이다. 마리아도 역시 모든 것을 예감하고 있었지만 그녀는 결코 눈물을 흘리지는 않았다.

그녀의 뼈는 청동으로, 살은 오래된 느릅나무로 만들어진 것 같았다. 그녀는 그렇게 견고하게 견디고 있었다. 그리고 그녀의 눈은 하늘처럼 한없이 넓고 당당하였다.

세찬 바람에 둥지가 흩어져 날릴 때 울부짖는 새소리를 들어 본 일이 있는가? 슬픔이 너무 커서 울 수 없는 여인을 본 일이 있는가? 고통을 떨치고 굳세게 일어서는 상처 입은 영혼을 본 일이 있는가?

여러분은 결코 그러한 여인을 보지 못했을 것이다. 마리아와 함께 살지 않았으니까. 또한 그 무한한 성모 마리아의 품에 안겨 보지도 못 했으니까.

아무런 소리도 들리지 않는 깊은 침묵 속에 누군가가 발소리를 죽이며 마리아에게 다가왔다.

"어머니, 예수께서 지나가십니다. 저와 함께 그를 따라가세요."

마리아는 세베대의 아들 요한과 함께 밖으로 나갔다. 우리도 그 뒤를 따랐다.

다윗의 망루에 이르자 예수가 십자가를 지고 걷는 모습이 눈에 들어왔다. 그 주위에는 사람들이 구름처럼 몰려들었다.

예수 곁에는 다른 두 사람이 마찬가지로 십자가를 등에 지고 걸어가고 있었다.

마리아는 고개를 꼿꼿이 든 채 우리와 함께 자기 아들 뒤를 따라 걸었다. 그녀의 걸음걸이는 조금도 흐트러지지 않았다.

그 뒤로 시온과 로마, 아니 온 세계가 자유로운 한 인간에게 복수를 하겠다고 따라가고 있었다.

언덕에 이르자 예수는 십자가에 못 박혀 높이 매달렸다.

나는 마리아를 쳐다보았다. 그녀의 얼굴은 자식을 잃은 여인의 얼굴이 아니었다. 끊임없이 새로운 생명을 낳고, 계속해서 그

자식들을 다시 땅으로 돌려보내는 풍요한 대지의 모습이었다.

마리아의 눈길에 얼핏 예수의 어릴 적 모습이 스쳐갔다. 그러자 마리아는 큰 소리로 외쳤다.

"내 아들이 아닌 나의 아들이여, 당신은 한때 내 몸에 머물러 내게 놀라운 영광을 안겨 주었습니다. 당신의 손에서 흐르는 한 방울 한 방울의 피가 이 땅을 적시는 강물이 될 것임을 나는 압니다. 당신은 이 비바람 속에서 죽어 갑니다. 하지만 제 마음은 이미 해가 질 때 죽었으므로 결코 울지 않겠습니다."

그 순간 나는 외투를 벗어 얼굴을 가리고 북쪽 땅으로 도망치고 싶었다. 갑자기 마리아의 목소리가 다시 울렸다.

"내 아들이 아닌 나의 아들이여, 당신의 오른편에 있는 이에게 무슨 말씀을 해 주셨기에 그의 얼굴이 고통 속에서도 저토록 평화로운가요? 그의 얼굴엔 죽음의 그림자가 드리워져 있지만 당신에게서 잠시도 눈길을 떼지 않는군요. 이제 당신은 제게 웃음을 보이시는군요. 당신이 웃으시니, 당신이 온 세상을 얻으셨음을 알겠습니다."

그러자 예수께서는 그의 어머니를 내려다보고 말씀하셨다.

"마리아여, 지금 이 시간부터 당신은 요한의 어머니이십니다."

그러고는 요한에게도 말씀하셨다.

"이 여인에게 착한 아들이 되거라. 그 집으로 가서, 한때 내가 서 있던 문턱에 서서 네 그림자를 드리우도록 해라. 나를 기억하면서 말이다."

마리아는 예수를 향해 한 손을 뻗었다. 그러자 그녀는 가지가 하나뿐인 나무 같아 보였다. 다시 그녀는 외쳤다.

"내 아들이 아닌 나의 아들이여, 이것이 아버지 하느님의 뜻이라면 하느님께서 우리에게 인내와 지혜를 주시도록 간절히 부탁해 주십시오. 그리고 만일 이것이 인간의 뜻이라면 그 사람을 하느님께서 용서하시길 빌어 주십시오. 이것이 하느님의 뜻이라면 레바논의 흰 눈이 당신의 수의가 될 것입니다. 하지만 제사장과 율법학자들의 뜻이라면 내 이 옷을 벗어 당신의 헐벗은 몸을 덮겠습니다. 내 아들이 아닌 나의 아들이여, 하느님께서 이곳에 지으신 성전은 결코 사라지지 않을 것입니다. 인간이 무너뜨린 그 성전은 영원히 살아 있으나 인간이 그것을 보지 못할 뿐입니다."

바로 그 순간 하늘은 울부짖음과 탄식 속에 그를 땅으로 돌려보냈다.

그리고 마리아 또한 상처 입은 그를 사람들에게로 돌려보냈다.

마리아는 사람들에게 말했다.

"이제 그는 떠났습니다. 싸움은 끝났습니다. 하지만 별은 앞으로도 영원히 빛날 것입니다. 배는 항구에 닿았습니다. 한때 내 마음에 깊은 고통을 주었던 그는 이제 저 하늘 높은 곳에 힘차게 살아 있습니다."

우리는 그녀를 에워쌌고, 그녀는 말을 계속했다.

"죽음 속에서도 그는 웃음을 띠고 있었습니다. 그는 이 세상을 얻은 것입니다. 참으로 나는 이 세상의 주인이신 그의 어머니가 되었습니다."

마리아는 요한에게 기대어 예루살렘으로 돌아왔다.

그녀는 모든 것을 얻은 여인이었다.

예루살렘 성문에 이르러 나는 마리아의 얼굴을 바라보았다. 그러고는 깜짝 놀랐다. 예수가 사람들 사이에서 가장 높이 들어올려진 그날, 마리아도 똑같이 올려졌던 것이다.

이 모든 일은 올봄에 일어났다.

그리고 이제는 가을이 됐다. 예수의 어머니 마리아는 집으로 돌아와 홀로 살고 있다.

두 주일 전에 내 심장은 마치 돌처럼 굳어 버렸다. 아들이 집을 떠나 배를 타러 티르로 갔기 때문이다. 그 애는 뱃사람이 되었다.

다시는 돌아오지 않겠다고 그 애는 내게 말했다.

그리고 어느 날 저녁, 나는 마리아를 찾아갔다.

집에 들어서자 그녀는 베틀 앞에 조용히 앉아 하늘 한편으로 눈길을 보내고 있었다.

"마리아!"

내가 그녀를 부르자 마리아는 두 팔을 한껏 벌려 나를 안았다.

"어서 와, 여기 내 곁에 앉아 봐. 산 위로 붉은 피를 쏟아 내는 저기 저녁 해를 좀 보라고."

나는 마리아 옆에 앉아서 함께 창문 너머 서쪽 하늘을 바라보았다.

잠시 후 그녀가 입을 열었다.

"날마다 이맘때면 저 태양을 십자가에 못 박아 피 흘리게 하는 게 누굴까?"

나는 조심스럽게 내 얘기를 꺼냈다.

"위로를 받고 싶어서 찾아왔어. 우리 애가 날 두고 바다로 떠나 버렸단다. 난 이제 혼자야."

그러자 마리아가 말했다.

"내가 어떻게 해 주면 될까?"

"예수 얘길 들려줘. 그래야 마음이 편안해질 것 같아, 마리아."

그러자 마리아는 웃음을 지으며 손을 내 어깨 위에 얹으며 말했다.

"그래, 예수 얘길 할게. 네게 위로가 된다면 내게도 위안이 될 거야."

마리아는 예수의 어렸을 때 얘기를 꽤 오랫동안 들려주었다.

나는 마리아의 말속에서 그녀가 자기 아들과 내 아들을 조금도 다르게 여기고 있지 않음을 느꼈다.

마리아는 이렇게 말했다.

"내 아들 예수도 뱃사람이나 마찬가지야. 내가 그랬듯이 너도 네 아들을 바다 물결의 뜻에 맡겨. 여인은 영원한 자궁이며 요람이지. 하지만 무덤은 아니야. 다른 사람들이 입을 옷을 짜기 위해 우리가 베틀 앞에서 일하듯이 우리는 또 우리의 삶을 다른 삶에 건네주며 죽는 거야. 우리는 우리가 먹지도 않을 고기를 잡기 위해서 그물을 던지잖아. 비록 우리가 이런 일들로 해서 슬퍼하지만, 이 모든 일이 결국 우리의 기쁨 아니겠어?"

나는 그녀와 헤어져 집으로 돌아왔다. 그리고 한낮의 빛이 사라진 뒤에도 베틀 앞에 앉아 더 많은 옷감을 짰다.

십자가를 대신 진 사람
— 키레네 사람 시몬

들판으로 나가던 길에 나는 그가 십자가를 짊어지고 가는 것을 보았다. 많은 사람이 그의 뒤를 따르고 있었다.

나도 그 틈에 끼어서 걷기 시작했다.

무거운 십자가는 그를 몇 번씩이나 멈춰 서게 했고, 그의 육신은 지칠 대로 지쳐 있었다.

한 로마 병사가 내게 다가와서 말했다.

"자, 이리 와 봐! 아주 건강하게 생겼군. 이 십자가 좀 대신 지고 가지."

이 말을 듣자 나는 마음이 설레었다. 나는 십자가를 대신 끌고 가기 시작했다.

십자가는 무척 무거웠다. 겨울 내내 빗속에서 물을 먹은 포플러 나무로 만들었기 때문이다.

예수가 나를 바라보았다. 그의 얼굴에 솟은 땀방울이 수염을 타고 한 방울씩 아래로 흘러내렸다.

그는 다시 내게 눈길을 주었다.

"당신은 이 세상 끝나는 날까지 나와 함께 같은 잔으로 생명의 물을 마실 것입니다."

이렇게 말하며 그는 내 어깨에 손을 얹었다. 우리는 해골산까지 함께 걸었다.

놀랍게도 나는 전혀 십자가의 무게를 느낄 수 없었다. 오로지 그의 손길만이 느껴졌을 뿐이다. 그의 손은 마치 내 어깨에 앉은 새의 날개 같았다.

마침내 우리는 산에 올랐다. 그는 이곳에서 이제 죽임을 당할 것이었다.

그러자 십자가가 다시 나를 짓누르기 시작했다.

로마 병사들이 그의 손과 발에 못을 박는 동안 그는 한마디 신음 소리도 내지 않았다. 그리고 그의 몸은 조금도 떨리지 않았다.

그의 손발은 이미 죽었으나, 피가 흐르니 다시 살아나는 것처럼 보였다.

내 마음은 그에 대한 연민을 느낄 만한 여유조차 없었다. 이미 놀라움으로 가득 차 버렸기 때문이다.

이제, 내가 십자가를 대신 져 주었던 그 사람이 나의 십자가가 되고 말았다.

만일 그들이 다시 내게 "이 사람의 십자가를 대신 지고 가라."라고 말한다면 나는 내 무덤까지라도 십자가를 지고 갈 것이다. 그리고 그가 다시 내 어깨에 손을 얹어 주길 간절히 원할 것이다.

이제 그것은 벌써 수년 전의 일이 되어 버렸다. 그러나 나는 밭에서 일할 때나 잠자리에 들었을 때나 항상 그를 머리에 떠올린다.

지금도 내 왼쪽 어깨 위에 놓였던 그분의 손을 느낀다.

예수라 부르는 이름
— 세베대의 아들 요한

우리 가운데 많은 사람이 예수를 '그리스도'라 부르고, 어떤 사람들은 '말씀'이라 부르는 것을 여러분은 들어 보았을 겁니다. 또 다른 사람들은 그를 '나사렛 사람'이라 부르고, 더러는 '사람의 아들'이라고 부르기도 하지요.

이제 나는 내 마음에 비추어진 대로 그러한 이름들을 정확하게 밝혀 보려 합니다.

그리스도는 오랜 옛날부터 인간의 영혼 속에 살아 있는 하느님의 빛이십니다. 그는 우리를 찾아오신 생명의 숨결이며, 우리와 똑같은 인간의 육신을 취하셨습니다.

그것은 하느님의 뜻입니다.

그는 우리가 말해 온, 그리고 우리 속에 살아 생동하는 태초의 말씀이기도 합니다.

그리고 그는 하느님이 살과 뼈를 만드시어 여러분이나 나와 똑같은 인간으로 만들어 주신 하느님의 말씀입니다.

우리는 형체 없는 바람의 노래를 들을 수 없고, 안개 속을 걸어가는 우리의 자아를 눈으로 볼 수 없습니다.

그리스도는 여러 번 이 세상에 오셨고 여러 나라를 돌아다니셨습니다. 그리고 언제나 그는 이방인이나 미친 사람 취급을 받았습니다.

이분이 바로 그리스도, 인간과 함께 영원을 향해 걸어가시는 가장 깊고 가장 높은 존재입니다.

혹시 인도로 가는 갈림길에서 그에 대한 얘기를 들어 보지 못했습니까? 혹은 동방에 있는 나라에서, 아니면 이집트의 사막 지역에서?

이곳 북쪽 나라에선 방랑 시인들이 프로메테우스의 노래를 부른답니다. 인간에게 불을 훔쳐다 주어 인간의 욕망을 채워 주고 갇혀 있던 희망을 풀어 준 프로메테우스 말입니다. 그리고 인간과 짐승들 속에 있는 영혼을 그의 노래로 살아 움직이게 하는 오르페우스의 노래도 부른답니다.

여러분은 미트라 신과 페르시아의 예언자 조로아스터를 아십니까? 그들은 오랜 잠에서 깨어 나와 인류의 꿈자리에 들어서 있습니다.

천 년에 한 번, 우리가 '보이지 않는 성전'에서 만날 때 우리 스스로는 기름 부음을 받은 자가 됩니다. 그리고 그분이 오시면 우리의 침묵은 노래로 바뀔 것입니다.

아직 우리의 귀는 모든 것을 들을 수는 없고, 우리 눈도 모든 것을 보지는 못 합니다.

나사렛 예수는 우리와 똑같이 태어나서, 우리처럼 자라났습니다. 그의 부모님도 우리 부모님들과 다를 바 없었던 그는 인간이었습니다.

그러나 말씀이신 그리스도는 처음부터 계셨고, 동시에 우리에게 온전한 삶을 주시는 하느님의 성령이시며, 예수로서 세상에 오시어 우리와 함께 계셨습니다.

성령은 시편이며, 예수는 그에 따르는 가락입니다.

성령은 노래를 짓는 하느님의 손이며, 예수는 그 노래를 연주하는 하프입니다.

그리고 나사렛 사람인 예수는 우리와 햇살 아래 함께 거닐며 우리를 친구라 부르시는, 그리스도의 대변자이십니다.

그때, 갈릴리의 산과 계곡에는 그분의 음성 외엔 아무것도 들리지 않았습니다. 그때 나는 젊었고, 그가 가는 길과 그의 발자국만을 따랐습니다.

나는 갈릴리의 예수에게서 나오는 그리스도의 말씀을 들으려고 그 발자국을 따라다녔던 것입니다.

이제 우리가 왜 그를 '사람의 아들'이라고 부르는가에 대해서도 이야기하겠습니다.

예수 자신은 어떤 것보다도 그 이름으로 불리기를 원했습니다. 인간이 느끼는 배고픔과 목마름을 스스로도 느끼고 있었고, 사람들이 자신의 길을 따르려 한다는 것도 알고 있었기 때문입니다.

사람의 아들 예수는 우리 모두와 함께 계시기를 원했던 거룩한 그리스도였습니다.

그는 자기 형제들을 하느님께로 이끈 나사렛 사람 예수였으며, 태초부터 하느님과 함께 계셨던 말씀이었습니다.

내 마음속에 갈릴리의 예수가 언제나 함께하며, 살아 계십니다. 인간을 초월해 있는 한 인간, 우리 모두에게 시를 지어 주셨던 시인, 문을 두드려서 우리를 깨워 가림 없는 진실과 대면하게 해 주셨던 성령인 것입니다.

시인이었던 예수
— 그리스 시인 루마노

예수는 시인이었다. 그는 우리의 눈으로 보고, 우리의 귀로 들었다. 우리의 침묵의 언어는 그의 입술 위에 있었다. 그의 손가락 하나하나는 우리가 느낄 수 없는 것들도 어루만졌다.

셀 수 없이 많은 새가 그의 마음에서 날아와 북쪽 하늘로 서쪽 하늘로 날개를 저어 갔다. 언덕에 핀 작은 꽃들은 하늘로 오르는 그의 걸음걸음마다에 머물렀다.

가끔 나는 그가 풀잎을 만지려고 허리를 굽히는 모습을 보았다. 내 마음은 그의 목소리를 들었다.

"참 작고 파릇파릇한 생명이구나. 내 나라로 함께 가자, 베산의 참나무와 레바논의 삼나무처럼."

아이들의 수줍은 얼굴, 몰약과 유향, 그 모든 아름다운 것들을 그는 사랑했다.

그는 누군가가 자신에게 준 석류 한 알, 포도주 한 잔까지도 사랑했다. 여인숙에서 우연히 만난 어떤 낯선 사람이 주었든 부자가 주었든 그것은 전혀 문제가 되지 않았다.

그는 또 복숭아꽃을 사랑했다. 마치 세상 모든 나무를 사랑으로 감싸려는 듯, 두 손 가득 꽃잎을 담아 그걸로 얼굴을 가리곤 했다.

바다와 하늘, 이 세상의 빛이라고는 믿기 어려운 빛을 지닌 진주, 그리고 우리 머리 위에 총총히 박혀 있는 별들에 대해서도 이야기했다.

하늘을 나는 독수리가 작은 숲과 개울들을 잘 알고 있듯이,

그는 산과 계곡들을 잘 알고 있었다. 그의 침묵 속에는 사막이 있었고, 그의 말씀 가운데는 아름다운 대지가 펼쳐져 있었다.

그는 시인이었다. 그의 영혼은 하늘 저 높은 곳에 머물러 있었고, 그의 노래는 우리와, 또 다른 세계에 있는 이들을 위한 것이었다. 누구나 영원한 젊음을 누리며 언제나 새벽녘인 그 세계…….

한때 나는 스스로를 시인이라 여겼다. 그러나 베다니에서 그를 만났을 때 모든 악기를 마음대로 다루는 사람 앞에 나는 악기 하나만을 다룰 줄 아는 사람으로 서 있는 기분이었다. 천둥의 웃음, 비의 눈물, 바람결에 흔들리는 나무들의 즐거운 몸짓, 그의 목소리에는 이 모든 것이 담겨 있었다.

내 칠현금은 단 한 줄뿐이고, 내 목소리는 어제의 기억도 내일에 대한 희망도 엮어 내지 못했다. 나는 손에 들고 있던 악기를 내려놓고 침묵을 지켰다. 석양이 질 무렵이면 나는 귀를 기울인다. 모든 시인의 한가운데에 홀로 우뚝 솟은 한 시인의 노래에.

어린아이와 죄지은 자를 더 사랑한 예수
— 헤롯 왕 청지기의 아내 요안나

예수는 결혼한 적은 없었지만 여자들에게는 좋은 친구가 되어 주었습니다. 그리고 아주 가까운 사이처럼 그들을 잘 알고 있었지요.

그는 누구보다도 어린아이들을 사랑했고, 어른들이 그들을 믿음과 이해 속에서 사랑해 주어야 한다고 생각했습니다.

예수의 눈 속엔 아버지의 모습이 있는가 하면 형의 모습이 있고, 또 아들의 모습도 깃들어 있었습니다.

그는 가끔 아이 하나를 무릎 위에 올려놓고 말했지요.

"아이들이야말로 여러분의 힘이며 자유입니다. 이들이 바로 영혼의 왕국입니다."

사람들은 예수가 모세의 율법을 무시하고, 예루살렘과 그 외의 지역에 퍼져 있는 창녀들에게 너무 관대하다고 비난했습니다.

그 무렵엔 나 자신도 창녀와 다를 바 없었지요. 남편 아닌 다른 남자를 사랑하고 있었기 때문입니다. 그는 사두개 파였어요.

그런데 그 남자와 내가 함께 있었던 어느 날 사두개 사람들이 우리 집으로 몰려왔습니다. 그들은 나를 붙잡아 도망치지 못하게 했고, 애인은 내 곁을 떠나 혼자 가 버렸지요.

그들은 예수가 설교하고 있던 장터로 나를 끌고 갔습니다.

예수 앞에 나를 데리고 가 그를 시험하고 그에게 올가미를 씌우려는 것이 그들의 속셈이었지요.

그러나 예수는 나를 심판하지 않았습니다. 오히려 내게 망신을 주려던 자들을 부끄럽게 만들었고, 내게는 죄를 묻지 않았습니다.

그는 나를 돌려보냈습니다.

그날 이후로는 아무런 맛도 느낄 수 없었던 인생의 열매들이 달콤하게 느껴지기 시작했고, 아무런 향기도 느낄 수 없었던 꽃에서 놀랍게도 향기를 맡을 수 있게 되었습니다. 그리고 다시는 타락하지 않았고, 누구보다도 자유로워졌으며, 머리를 당당히 세우고 똑바로 걸어 다닐 수 있게 되었답니다.

예수의 슬픔과 미소
— 마리아 집안의 한 사람

그의 두 눈은 늘 높은 곳을 향하고 있었습니다. 두 눈에는 하느님의 불길이 가득 담겨 있었지요.

그는 때때로 우울한 듯 보였지만, 그의 슬픔은 고통에 찬 사람들에게는 늘 부드러운 손길로 나타났고 외로운 사람들에게는 따뜻한 손길이 되었습니다.

그의 미소는 미지의 것을 갈망하는 사람들의 갈증 같았고, 아이들의 속눈썹 위에 잘게 부서져 내리는 별들의 조각 같았습니다.

그의 슬픔은 입술 위에 떠오르자마자 미소로 변하는, 그런 슬픔이었습니다. 가을날 숲에 드리워진 금빛 베일, 그리고 호숫가에 어리는 달빛. 그의 슬픔은 또한 그렇게 느껴졌습니다.

그의 미소는 마치 결혼식 날 입술에서 흘러나오는 노래 같았습니다.

하지만 그는 친구를 두고서는 차마 날아갈 수 없는 날개를 가진 슬픔을 가지고 더 슬퍼했습니다.

하느님의 계시이며 사람이었던 예수
— 여성 제자였던 라헬

나는 이따금 예수가 정말 우리처럼 피와 살을 가진 인간인지, 아니면 육신이 없는 정신인지, 혹은 사람의 모습을 한 어떤 이데아인지 몹시 궁금했었다.

가끔 나는 그분이 꿈결 같은 느낌이 들었다. 수없이 많은 사람이 가장 고요한 새벽에 가장 깊은 잠에 빠져 모두가 동시에

꾸는 꿈처럼.

그렇게 다 함께 꾸었기 때문에 우리는 그 꿈을 현실로 인식하게 되고, 우리의 환상에 살을 붙이고 목소리를 담아, 우리 자신처럼 실제로 존재하는 그 어떤 것을 만들어 낸 것이나 아닐까 하는 생각도 해 보았다.

그러나 그분은 꿈이 아니었다. 우리는 그분을 3년 동안이나 알고 지냈고, 우리의 뜬 눈으로, 그것도 훤한 대낮에 날마다 그분을 보았던 것이다.

우리는 그분의 손을 만져 보았고, 이곳에서 저곳으로 그분을 따라다녔다. 우리는 그분의 말씀을 들었고, 행적을 목격했다. 이것을 그냥 꿈이라고 할 수 있을까?

기실 큰 사건들은 언제나 우리의 일상생활과는 동떨어진 것 같이 보인다. 그 사건들의 본질은 사실 우리의 본성에서 기인하는 것일 수도 있는데 말이다. 그러나 그 큰 사건들이 갑작스레 일어나고 갑작스레 지나가 버린다 해도, 그 일이 일어났던 한순간은 몇 년, 혹은 몇 세대와 동일할 수도 있다.

나사렛 예수는 벌써 그 자체가 엄청난 사건이었다. 그분의 어머니, 아버지, 형제들도 우리는 알고 있다. 그분 자신이 바로 유데아의 기적이었다. 그렇다. 그분이 행하신 모든 기적은 그분의 발치에도 이르지 못한다.

세월이 아무리 흘러도 그분에 대한 기억은 결코 우리들에게서 잊히는 법은 없을 것이다.

그분은 어두운 밤에 타오르는 산이었는가 하면, 저 먼 산골 너머로 부드럽게 반짝이는 등불이었다. 그분은 휘몰아치는 폭풍우와도 같았지만 동틀 무렵 안개 속의 낮은 속삭임 같기도 했다. 그분은 높은 곳에서 평원으로 흘러내리며 중간에 거치적거리는 모든 것을 무너뜨리고 마는 거센 물줄기였다. 그러나 아이들의 즐거운 웃음소리이기도 했다.

해마다 나는 잊지 않고 이 골짜기를 찾아오는 봄을 기다린다. 아울러 백합과 시클라멘 꽃이 다시 피길 기다린다. 그리고 해마다 내 마음은 우울해진다. 봄과 함께 그분이 주신 기쁨이 다시 돌아오길 갈망하지만 그렇게는 되지 않기 때문이다.

예수께서 오셨을 때 그분은 그야말로 봄 자체였고, 그분 안에 사계절의 모든 약속이 깃들어 있었다. 그분은 내 마음을 기쁨으로 가득 채워 주셨고, 나는 수줍은 제비꽃처럼 그분의 따사로운 빛 속에서 자라났다.

해마다 돌아오는 계절의 아름다움도 아직은 우리에게서 그분의 아름다움을 지워 내지 못한다.

예수는 환영이 아니었고, 시인들의 어떤 개념도 아니었다. 그분은 여러분이나 나와 똑같은 인간이었다. 그러나 보고 만지고 듣는 일에 있어서만 같았다. 다른 모든 면에서는 우리와 달랐다.

그분은 기쁨 그 자체였다. 기쁨으로 가득한 길 위에서 그분은 모든 인간의 슬픔을 만나 보셨다. 그리고 자신의 슬픔, 그 꼭대기에서 그분은 모든 인간의 기쁨을 눈여겨보셨다.

그분은 우리가 보지 못했던 것을 보셨고, 우리가 듣지 못했던 목소리를 들으셨다. 그래서 그분은 눈에 보이지 않는 사람들에게 하듯 말씀을 하셨고, 가끔은 우리를 통해 아직 태어나지 않은 자들에게도 이야기를 하셨다.

예수는 혼자 계시는 일이 많았다. 우리와 함께 계실 때도 우리와 함께 계시지 않는 것처럼 느껴질 때가 있었다. 그분은 지상에 사셨지만 하늘에 계시기도 했다. 우리가 홀로 있을 때면 우리는 홀로 계신 그분의 세계로 들어갈 수 있을지도 모른다.

그분은 우리를 자상하게 사랑하셨다. 그의 마음은 포도주를 짜는 곳 같아서, 우리가 잔을 들고 다가서면 항상 그 사랑을 마실 수 있었다.

그분에 대해 이해할 수 없는 것이 한 가지 있었다. 예수께서는 말씀을 듣는 사람들과 함께 계실 땐 언제나 즐거워하셨다. 그래서 농담도 하고 말장난도 하셨다. 그리고 큰 소리로 웃으셨다. 그런데 그분의 눈빛이 먼 곳에 가 있거나 그분의 목소리에 슬픔이 담겨 있을 때조차도 그렇게 웃으셨다는 점이다. 하지만 지금은 그분을 이해할 수 있다.

나는 가끔 이 대지가 첫 아기를 잉태한 여인처럼 느껴진다. 예수께서 태어나셨을 때, 그분은 대지의 첫 아이였다. 그리고 그가 돌아가셨을 때, 그분은 죽음을 맞은 첫 인간이 되었다.

그분이 돌아가신 금요일에는 이 대지도 침묵을 지켰다.

그분의 얼굴이 우리 곁에서 사라졌을 때, 안개 속의 기억 외엔 아무것도 아니었다는 것을 사람들은 왜 느끼지 못하는 것일까?

산상 수훈
— 마태

어느 이른 가을날, 예수께서는 우리 제자들과 그의 다른 친구들을 산으로 부르셨다. 대지는 결혼식 날을 맞은 공주처럼 향기로웠고 갖가지 보석으로 장식한 듯 아름다웠다. 하늘은 바로 그 신랑이었다.

예수가 계신 월계수 숲에 우리가 마침내 다다랐을 때 그는 말씀하셨다.

"여기서 쉬면서 마음을 맑고 고요하게 하자. 할 얘기가 많으니까."

그래서 우리는 풀 위에 누웠다. 갖가지 아름다운 꽃들이 우리를 에워싸고 있었고, 예수는 우리의 한가운데에 앉으셨다.

"온유한 사람들은 행복하다.

재물에 마음을 빼앗기지 않은 사람들은 행복하다. 그들은 자유로울 것이기 때문이다.

자신이 받은 고통을 기억하는 사람들은 행복하다. 그 고통 속에서 기쁨이 기다리고 있으니.

진리와 아름다움에 주린 사람들은 행복하다. 그들의 굶주림과 목마름은 채워질 것이다.

친절한 사람들은 행복하다. 그들은 자신의 친절함으로 위안을 받을 것이다.

마음이 깨끗한 사람들은 행복하다. 그들은 하느님과 하나 됨을 느낄 것이다.

자비를 베푸는 사람들은 행복하다. 그들은 자신들도 자비를 입을 것이다.

평화를 위하여 일하는 사람들은 행복하다. 그들의 영혼은 싸움이 없는 곳에 살게 될 것이며, 그들은 공동묘지를 아름다운 정원으로 바꿀 것이다.

쫓기는 사람들은 행복하다. 그들은 빠른 발과 날개를 얻을 것이다.

기뻐하고 즐거워할 하늘나라가 너희 안에 있도다.

옛 예언자들도 하늘나라를 노래할 때 박해를 받았다. 너희도 박해를 받을 것이나, 거기에 영광과 보상이 따를 것이다.

너희는 세상의 소금이다. 소금이 짠맛을 잃으면 무엇으로 마음의 양식에 간을 맞출 수 있겠느냐? 너희는 세상의 빛이다. 그 빛으로 하느님의 세상을 찾는 사람들을 환히 비출 수 있도록 하라.

내가 율법학자들과 바리새파 사람들의 율법을 깨기 위해 왔다고 생각하지 말라. 내가 너희와 함께 지낼 날이 얼마 남지 않았고, 이제 그리 많은 이야기를 할 수 없을 것이다. 그러므로 새로운 율법을 완성하고 새로운 약속을 드러낼 시간만이 남아 있다.

너희는 살인하지 말라고 배워 왔다. 그러나 나는 이렇게 말한다. 이유 없이 화를 내지 말라.

너희 선조들은 송아지와 어린 양과 새끼 비둘기를 성전에 끌고 가 제단 위에서 죽여 그 기름이 타는 냄새를 하느님이 맡도록 하라고 가르쳤다. 그러면 너희의 죄를 용서받을 수 있다고 말이다.

그러나 나는 이렇게 말한다. 너희는 왜 처음부터 하느님의 것인 그 짐승들을 다시 하느님께 바치려 하느냐? 너희는 거대한 우주를 품에 안고 계신 그분의 노여움을 그런 제사 따위로 풀 수 있다고 생각하느냐? 그보다는 이렇게 하도록 해라. 제단에 제물을 바치기 전에 먼저 형제들을 찾아가 화해하고, 너희의 이웃에게 사랑을 베풀도록 하여라. 하느님 안에 세워진 성전은 무너지지 않을 것이며, 그분이 그 마음 안에 세워 두신 제단은 결코 사라지지 않을 것이다.

너희는 '눈에는 눈, 이에는 이'라는 말을 들어 왔다. 그러나 나는 너희에게 이렇게 말한다. 앙갚음하지 말라. 앙갚음은 악을 키우고 그 악을 더욱 강하게 하기 때문이다. 나약한 자들만이 서로 복수를 일삼는다. 진정으로 강한 자는 용서할 줄 안다.

열매가 풍성한 나무를 보면 사람들은 그 열매를 먹으려고, 나무를 흔들고 돌을 던진다.

내일을 걱정하지 말라. 그보다는 오늘을 바라보도록 하여라. 오늘을 충실히 보내는 것이 바로 기적이기 때문이다.

남에게 베풀 때 너희 자신의 일을 걱정하지 말고 그 도움이 꼭 필요한 사람들을 생각하여라. 베푸는 사람에겐 반드시 아버지께서 몇 곱절로 샀아 주실 것이다.

모든 사람에게 그들의 필요에 따라 나눠 주어라. 하늘에 계신 아버지께서는 목마른 사람에게 소금을 주시거나 배고픈 사람에게 돌을 주시지 않으며, 젖을 뗀 아이에게 젖을 주시지 않는다.

거룩한 것을 개에게 주지 말고 진주를 돼지에게 던져 주지 말라. 그런 선물을 줌으로써 너희는 그들을 조롱하는 것이나 다름없으며, 그들도 역시 너희의 선물을 비웃을 것이다. 그리고 그들은 화를 내며 너희를 죽이려 들지도 모른다.

재물을 집에 쌓아 두지 말라. 눈에 보이는 재물은 썩거나 도둑이 들어 훔쳐 갈지도 모른다. 썩지도 도둑맞지도 않을 재물을 쌓아 두어라. 그러면 그 가치가 세월이 갈수록 높아질 것이다. 너희의 재물이 있는 곳에 너희의 마음도 편히 있을 것이다.

살인자는 칼로 죽여야 하고, 도둑질을 한 자는 십자가에 매달아야 하며, 간음을 한 여인은 돌로 쳐야 한다고 너희는 배웠다. 그러나 나는 이렇게 말한다. 너희도 살인자와 도둑과 간음한 여인의 죄악과 결코 무관하지 않다. 그러므로 그들의 신체가 벌을 받을 때 너희 자신의 영혼은 더욱더 검어진다.

죄의 책임은 죄지은 그 한 사람에게만 있는 것이 아니다. 모든 죄는 모든 사람의 책임이다. 그러므로 어떤 사람이 자기 죄의 대가를 치르면 그는 네 발목에 채워진 족쇄를 풀어 주는 셈이 된다. 네가 잠시 즐거움을 맛보는 대가로 슬픔을 겪어야 하는 사람이 반드시 있게 마련이다."

예수께서 이와 같이 말씀하시고 나자, 나는 그 앞에 무릎을 꿇고 그를 경배하고 싶어졌다. 그러나 용기가 없어서 나는 움직이지 못했고 한마디 말도 하지 못했다.

그러다가 마침내 이렇게 말할 수밖에 없었다.

"저는 지금 당장 기도하고 싶습니다. 그러나 어떻게 기도해야 하는지를 모르겠습니다. 기도하는 법을 제게 가르쳐 주십시오."

그러자 예수께서는 이렇게 대답해 주셨다.

"기도하고 싶을 때는 네가 바라는 바를 말로 옮기기만 하면 된다. 지금 내가 하고 싶은 기도는 다음과 같은 것이다.

땅과 하늘에 계신 우리 아버지, 아버지의 이름이 거룩히 빛납니다.

아버지의 뜻을 다른 우주 공간에서와 같이 저희에게서도 이루어지게 해 주십시오.

오늘 저희에게 일용할 양식을 주시고, 저희를 불쌍히 여겨 용서해 주시고, 저희도 서로 용서하게 해 주십시오.

저희를 아버지께 이끌어 주시고 악에 빠져 있는 저희에게 손을 내밀어 주십시오.

그 나라가 아버지 것이며, 아버지 안에 저희의 힘과 완성이 있습니다."

그리고 저녁이 되었다. 예수께서는 산에서 내려가셨고, 우리 모두는 그 뒤를 따랐다. 내려가면서 나는 그의 기도를 혼자 되풀이했고, 그가 말씀하신 내용을 모두 기억해 보았다. 그날, 가벼운 눈송이처럼 내려앉은 그분의 말씀은 투명한 수정처럼 단단하게 이 땅에서 자라날 것이다. 우리 머리 위를 스쳐간 그 말씀의 날개는 강철 발굽이 되어 세상을 튼튼하게 다져 놓으리라는 믿음을 나는 알고 있었기 때문이다.

삶의 존재
— 나사렛의 요담이 어느 로마 인에게

친구여, 다른 로마 인들과 마찬가지로 그대 또한 삶을 구체적으로 살아가려 하지 않고 추상적인 관념으로만 받아들이려 하는군요. 영혼을 소중하게 돌보지 않고 세속의 온갖 것을 다스리려 할 뿐입니다.

왜 로마에 머물러 기쁨과 환희에 찬 나날을 보내지 않고, 다른 민족을 침략하고 지배하여 그들로부터 비난과 저주를 받으려 합니까?

그런 그대가 어찌 나사렛 예수를 받아들일 수 있겠습니까? 군대도 군함도 없이 참으로 소박하게, 그리고 홀로 자유로운 영혼의 나라를 세우려는 그분을 말입니다.

그분은 어떤 무기도 없이 오직 하늘나라의 힘만을 가지고 이 세상에 왔습니다.

그는 로마의 신들 같은 그런 신이 아니었습니다. 우리가 가까이에서 흔히 볼 수 있는 평범한 사람이었습니다. 하지만 그의 품 안에선 이 땅의 향기들이 천상의 향기와 만나게 되곤 했지요. 그의 말씀 안에서 우리의 머뭇거리는 입술은 하늘나라의 낮은 속삭임을 들었습니다. 그리고 그의 목소리에 담긴, 깊은 곳에서 울려 나오는 노래를 들었지요.

그렇습니다. 예수는 신이 아니고 인간이었습니다. 하지만 그 안에서 우리는 엄청난 경이로움도 함께 볼 수 있었습니다. 로마인들은 신들에게서 어떠한 경이로움도 체험하지 못합니다. 그리고 어느 누구도 그대들을 놀라게 하지 못합니다. 그러므로 그대들은 나사렛 예수를 이해할 수 없습니다.

그분의 영혼은 언제나 젊음 속에 있지만, 그대들의 영혼은 구시내에 묶여 있습니다.

그대들은 지금 우리를 다스리고 있지만, 우리가 앞날에 대해 꾸는 꿈을 결코 막을 수 없습니다.

두 손에 아무것도 쥐고 있지 않은 그분께서 내일 우리의 삶을 다스리라는 것을 누가 알 수 있겠습니까?

그분의 영혼을 따르는 우리는 고통스럽습니다. 하지만 로마는 곧 백일하에 그 백골을 드러낼 것입니다.

우리는 커다란 고통 속에서도 결국 그것을 이겨 내고 구원을 얻지만, 그대들은 결코 죽음을 피할 수 없을 겁니다.

그러나 그대들이 보다 겸손하고 소박해진다면, 그리고 그분의 이름을 부른다면, 그분은 그대들을 내버려 두시지 않을 겁니다. 그분은 생명 없는 뼈에 새로운 생명을 불어넣어 이 땅에 다시 서게 해 주십니다.

이러한 모든 일을 그분은 군함도 군대도 거느리지 않고 오로지 홀로 행하십니다.

슬픔의 노래
— 마리아의 이웃집 여인

예수가 죽은 지 40일째 되는 날, 이웃 여인들은 마리아를 위로하고 예수의 죽음을 애도하는 노래를 부르려고 마리아의 집에 모였다. 그중 한 여인이 노래를 부르기 시작했다.

어디로 가셨나요 나의 봄이여, 어디로?
그대의 향기는 어느 곳으로 날아갔나요?
그대, 어느 낯선 들판을 걷고 있나요?
당신이 오르신 하늘은 어떤 하늘인가요?

이 골짜기엔 풀 한 포기 돋지 않고
황량한 들판만 남을 거예요.
푸르른 나무들은 목말라 타들어 가고
과수원엔 신 사과만 열리며
가지엔 신 포도만 달린답니다.
당신의 포도주가 그립습니다.
그대의 향기를 다시 느끼고 싶어요.

봄에 처음 핀 꽃들은 어디로, 어디로 갔나요?
그대는 다시는 돌아올 수 없나요?
당신의 재스민 향기는 영영 사라져 버렸나요?
당신의 시글라멘 꽃은 다시는 우리의 길가에 피지 않나요?
대지에 박힌 우리의 뿌리가 너무도 깊어
우리는 하늘에 오를 수 없는 건가요?

어디로 가셨나요 예수여, 어디로?

내 이웃 마리아의 아들이여

내 아들의 좋은 친구여

우리의 첫 봄날은 지금 어느 들판에 있나요?

당신은 이제 돌아오지 않나요?

우리 꿈속 메마른 물가에

당신이 사랑의 물결로 돌아주신다면.

끝이 없는 욕망
— 어느 친구에게 보낸 살로메의 시

그이는 햇살에 반짝이는 포플러 잎사귀 같아요.

그리고 그이는 햇살에 일렁이는 외로운 산속의 조그만 호수.

그리고 산꼭대기에 쌓인 눈, 햇살에 희게, 희디희게 빛나는.

그래요, 그이는 그 모든 것 같아요, 그래서 그이를 사랑했어요.

하지만 그이가 나타나면 두려워졌지요.

내 발로는 이 무거운 사랑의 짐을 옮길 수 없으니

두 팔로 그이의 발을 묶어 둘 수밖에 없었겠지요.

나는 그에게 이렇게 말하고 싶었어요.
"전 걱정을 참지 못해 당신의 친구를 죽이고 말았어요.
제 죄를 용서해 주시겠어요?
이 어리석은 죄에서
저를 건져
당신의 빛 속으로 걸어가게 해 주시지 않겠어요?"

그이 친구의 거룩한 머리를 얻기 위해 내가 춤춘 일을
그이께서 용서하셨으리란 걸 난 알아요.
그이는 내 안에서
자신의 가르침이 필요함을 읽으셨을 테니까요.
그이는 어떤 굶주림의 골짜기도 건너실 수 있었고,
아무리 목마른 사막이라도 지나실 수 있으니까요.

그래요, 그이는 포플러 잎사귀처럼,
신속의 호수처럼,
레바논의 흰 눈처럼,
내 입술을 식혀 주셨어요.

하지만 그이는 나와 너무도 달라
난 부끄러웠지요.
그이를 찾아가려는 열망이 가득했을 때
어머니는 나를 돌려세웠어요.

그이가 지나실 때마다 그 아름다움 때문에 내 마음은 아팠어요.
그러나 어머니는 눈살을 찌푸리며 나를 창가에서 떼어 내
잠자리로 돌아가게 했어요.
그리고 어머닌 큰 소리로 떠들었죠.
"그자도 역시 광야에서 메뚜기나 먹으며 살다 온 작자가 아니야? 그자는 법률을 위반하고 배교한 자, 대중을 선동하고 폭동을 일으켜 우리에게서 왕관을 빼앗으려는 자다.
그리고 자기의 저주받은 땅에 여우와 승냥이 무리를 뛰놀게 하고 우리 궁전에서 울부짖으며 옥좌에 앉으려 한 자다.
네 얼굴을 숨겨라, 오늘부터.
그리고 그자의 머리가 떨어질 날을 기다려라.
하지만 이번엔 그 머리를 네 쟁반에 담지 마라."

어머니는 이렇게 말씀하셨지만
난 그런 말에 신경 안 쓰죠.
나는 은밀히 그이를 사랑했어요.
내 잠자리는 불꽃으로 둘러싸여 있었지요.
이제 그이는 떠나셨어요.
그리고 내 안에 있었던 그 무엇도 함께 떠나갔지요.
아마도 그건 내 젊음이었겠지요.
젊은 하느님이 살해된 뒤부터
젊음은 여기서 머뭇거리려 하지 않아요.

예수 마음속의 두 강물
― 아리마대의 요셉, 그 10년 후

 나사렛 예수의 마음속엔 두 갈래로 흐르는 강물이 있었습니다. 아버지 하느님께 향한 사랑이 그 한 줄기였고, 다른 하나는 그분이 천상의 왕국이라고 불렀던 환희의 강물이었습니다.

 나는 그분을 생각하면서 그 마음속에 흐르는 두 강줄기를 따라갔습니다. 그 한쪽 줄기의 끝에서 나는 내 영혼을 만났습니다. 내 영혼은 때로는 헐벗고 방황했지만 때로는 왕자보다도 더

고귀했습니다.

다른 한 줄기를 따라가니 강도를 만나 재물을 모두 빼앗긴 사람을 만날 수 있었습니다. 그는 미소를 짓고 있었지요. 좀 더 가자 이제는 강도와 마주치게 되었습니다. 그는 눈물에 젖어 있었습니다.

이 두 갈래 강물이 내 가슴속에서도 흐르는 소리가 들리자 나는 참으로 기뻤습니다.

본디오 빌라도와 제사장들 앞에 잡혀가시기 전날 내가 예수를 찾아뵈었을 때, 우리는 오랫동안 이야기를 나눴고 나는 여러 가지를 여쭤 보았습니다. 그분께서는 자상하게 대답해 주셨지요. 그리고 그분과 헤어질 때 나는 그분이야말로 주님이시며 이 세상의 참된 스승이심을 알게 되었습니다.

향나무가 쓰러진 뒤로 오랜 세월이 흘렀지만 그 향기는 여전히 이 세상 곳곳에 스며 있습니다.

예수의 연설
티레의 연설가 아사프

그의 연설에 대해서 뭐라고 말할 수 있을까요? 그렇습니다.

그의 모습에서 풍겨 나오는 그 무엇인가가 그의 연설에 힘을 불어넣어 사람들을 사로잡는다고 얘기할 수 있겠지요. 그는 아주 평온했고, 한낮의 햇살 같은 광채가 그의 얼굴에 감돌고 있었습니다.

모인 사람들은 대부분 그의 연설 내용에 귀 기울이기보다는 얼굴에 도취되어 있었지요. 때때로 그는 정말 영혼에서 나오는 힘으로 연설을 했고, 그 영혼은 청중에게 놀라운 힘을 행사했습니다.

젊은 시절에 나는 로마나 아테네, 알렉산드리아 등지에서 웅변가들이 하는 연설을 들었습니다. 그런데 이 젊은 나사렛 예수는 그들 누구와도 같지 않았습니다.

그 웅변가들은 청중을 매혹시킬 수 있는 말들을 꾸며 맞추고 있었지요. 그러나 예수의 설교를 들으면, 여러분의 마음은 여러분 자신을 떠나 이제까지 가 본 적이 없는 새로운 세계를 여행하게 됩니다.

그는 이야기나 비유를 즐겨 말하는데, 그가 들려주는 이야기와 비유는 시리아에서는 한 번도 들어 볼 수 없었던 것들이었습니다. 그는 계절이나 세월, 오랜 역사에서 그 이야기들을 이끌어 냈지요.

이야기는 보통 이렇게 시작됩니다.

"밭 가는 사람이 들판에 씨를 뿌리러 나갔는데……"

또는,

"옛날에 넓은 포도밭을 가진 부자가 한 사람 있었는데……."

"양치기 목자가 해질녘에 양들을 세어 보니 한 마리가 없어져서……."

이렇게 시작하면 얘기를 듣는 사람들은 소박한 자기 자신으로 돌아가고, 먼 옛날로 돌아갑니다.

마음속으론 우리 모두가 밭 가는 사람이고, 우리 모두가 포도밭을 좋아합니다. 그리고 우리 기억 속의 풀밭에는 양치는 목자와 양 떼가 있고, 놀다가 길을 잃은 어린 양도 있습니다.

우리 기억 속에는 품삯을 받는 일꾼이 있고, 포도즙을 짜는 풍경이나 곡식을 타작하는 모습도 있습니다.

예수는 예로부터 내려오는 우리 삶의 모습을 잘 알고 있었고, 그런 풍습들은 결코 끊어지는 법이 없는 질긴 실이라는 것도 알았습니다.

그리스나 로마의 연설가들도 삶을 이야기했지만 그들은 청중의 정신을 향해 연설하는 것처럼 느껴졌습니다. 그러나 나사렛의 예수는 정신이 아니라 마음속에 쌓여 있는 간절한 소망을 이야기했습니다.

연설가들은 여러분이나 나보다 그저 조금 더 밝은 눈으로 삶을 볼 수 있었을 뿐입니다. 그러나 예수는 하느님의 밝은 빛 속에서 삶을 바라볼 수 있었습니다.

그가 군중에게 이야기하는 것을 볼 때면 나는, 산이 들판에게 이야기를 건네고 있는 듯한 느낌을 받곤 했습니다.

어쨌든 예수의 설교 속에는 아테네나 로마의 연설가들이 가질 수 없었던 어떤 힘이 깃들어 있었던 것이 사실입니다.

목수였던 예수
— 나사렛의 부자 레위

그는 훌륭한 목수였다. 그가 고안해 낸 문짝은 도둑들이 결코 열 수가 없었다. 그가 만든 창문은 언제든지 시원한 바람을 쐴 수 있게 해 주었다.

그리고 그는 삼나무로 아주 견고한 궤짝을 만들어 반짝반짝 윤이 나도록 닦아 놓았으며, 쟁기와 갈퀴도 튼튼하고 사용하기 쉽게 만들 줄 알았다.

그는 우리 회당의 설교대도 만들었다. 그 설교대는 뽕나무로 만든 것이었는데 성서를 올려놓는 받침대 양옆에는 날개를 조각해 붙여 놓았고, 그 밑에는 황소의 머리와 비둘기들, 그리고 눈이 커다란 암사슴을 멋지게 조각해 놓았다.

이 모든 것은 칼데아와 그리스 목공 양식을 따른 것이었지만, 기술 자체는 칼데아에서 온 것도 그리스에서 온 것도 아니었다.

지금의 내 집은 30여 년 전에 여러 사람의 손으로 지은 집이다. 나는 갈릴리의 마을에 있는 집 짓는 사람들과 목수들을 모두 불러 모았다. 그들이 저마다의 기술과 방식으로 지어 놓은 집에 나는 대단히 만족했었다.

그러나 모두들 우리 집에 와서, 나사렛 예수가 고안한 저 문과 창문을 직접 보아야만 한다. 내 집의 다른 어떤 부분과도 비교할 수 없을 만큼 견고하게 잘 만들어져 있기 때문이다.

이 두 개의 문과 동쪽으로 난 창문이 다른 문이나 창문과 별로 다를 것이 없다고 여기는 사람은 아무도 없을 것이다.

예수가 만든 문과 창문 말고는 다른 문이나 창문은 모두 세월을 따라 낡아 버렸다. 오직 예수가 만든 것들만이 세월이 지나도 변함없이 튼튼하다.

예수는 두 사람 몫의 품삯을 받을 만한데도 불구하고 한 사람 몫밖에 받지 않았던 목수였고, 지금은 이스라엘의 예언자가 된 모양이다.

예수라는 젊은이가 예언자였다는 걸 진작 알았더라면, 나는 그에게 일보다는 이야기를 들려달라고 했을 테고, 나는 그 이야기를 들은 대가로 훨씬 많은 품삯을 지불했을 것이다.

지금도 나는 많은 일꾼을 거느리고 있다. 그들 중 누구의 손 위에 하느님의 손이 놓여 있는지 내가 어떻게 알 수 있을까?

무슨 수로 내가 하느님의 손을 알아본단 말인가?

나사렛 예수의 축복
— 가나의 신부 라프카

이 일은 그분이 사람들에게 널리 알려지기 전에 겪었던 일입니다. 어느 날 뜰에서 장미를 가꾸고 있는데 그분이 우리 집에 찾아오셨습니다.

"목이 마르군요. 우물에서 물 좀 떠 주시겠습니까?"

저는 얼른 달려가 은으로 만든 컵을 가져다가 물을 가득 채우고, 그 위에 재스민 향을 두어 방울 떨어뜨려서 드렸지요.

그분은 그 물을 단숨에 들이마시고는 흡족해 하셨습니다.

그러고는 제 눈을 들여다보며 말씀하셨습니다.

"당신에게 축복을 드립니다."

그 말을 듣는 순간, 저는 아주 세찬 바람이 제 몸을 꿰뚫고 지나가는 듯한 기분을 느꼈습니다. 그러자 수줍음도 사라져 버려 이렇게 말할 수 있었습니다.

"선생님, 저는 갈릴리의 가나에 사는 사람과 약혼했어요. 다음 주 네 번째 날 결혼식을 올린답니다. 제 결혼식에 와 주시지 않겠어요? 선생님이 오시면 정말 영광이겠어요."

그러자 그분은 가볍게 대답하셨습니다.

"딸이여, 그렇게 하지요."

생각해 보세요. '딸이여'라니요. 그분은 아직 젊은 사람인데, 벌써 스물이 다 된 저를 그렇게 부를 수 있는 걸까요?

그러나 그분은 더 이상 아무런 말도 없이 가 버렸습니다.

저는 어머니가 부르실 때까지 넋을 잃고 문가에 서 있었습니다.

결혼식 날이 되자 저는 신랑 집으로 갔고, 그곳에서 혼인 잔치가 벌어졌습니다.

예수께서는 어머니와 동생 야곱과 함께 거기 오셨습니다.

그분들은 우리 손님들과 함께 식탁에 앉으셨고, 그 식탁에선 아직 결혼하지 않은 제 친구들이 솔로몬 왕의 결혼 축가를 부르고 있었습니다. 예수께서는 우리가 준비한 음식과 포도주를 드시면서 저와 다른 사람들에게 웃음을 보내기도 했습니다.

그분은 신랑이 신부를 자기 장막으로 데리고 가는 노래, 주인의 딸을 사랑하여 그녀를 자기 어머니에게 데려가는 젊은 포도밭지기의 노래, 거지 소녀를 만나 자기 왕국으로 데려가서 그

소녀에게 임금님의 왕관을 씌워 주는 젊은 왕자의 노래 등 모든 시리아의 노래에 빠짐없이 귀를 기울이셨습니다.

그러나 그분은 내가 듣지 못하는 어떤 다른 노랫소리를 함께 듣고 계신 것처럼 보였습니다.

해 질 녘이 되자 신랑의 아버지는 먼 친척이 되는 예수의 어머니께 다가와 속삭였습니다.

"술이 다 떨어졌습니다. 잔치가 끝나려면 아직도 한참 남았는데 큰일이군요."

그 말을 곁에서 들은 예수께서는 태연하게 말씀하셨습니다.

"아직 술은 얼마든지 있을 텐데요."

그 말은 사실이었습니다. 손님들이 가지 않고 남아 있는 한 술은 얼마든지 나왔습니다.

예수께서는 우리와 이야기를 나누기 시작하셨습니다. 땅과 하늘의 신비, 밤이 대지에 내리면 피어나는 하늘의 꽃들, 그리고 대낮의 햇살이 별들을 숨기고 나면 피어나는 대지의 꽃들에 대해서 말입니다.

그분은 우리에게 갖가지 이야기와 비유를 들려주셨는데, 그의 음성은 우리 마음을 완전히 사로잡아 우리는 먹는 것도 마시는 것도 잊어버리고 마치 환영을 보듯이 넋을 잃고 그분을 바라보고 있었습니다.

그분의 말씀을 듣고 있노라면 저는 아득히 먼 낯선 땅에 와 있는 것 같았습니다.

얼마 뒤, 손님 한 분이 신랑 아버지에게 이렇게 말했습니다.

"주인께서는 잔치 막바지에 와서야 가장 좋은 포도주를 내놓으시는군요. 다른 주인들은 정반대로 하는데 말입니다. 처음엔 좋은 술을 내놓다가 손님들이 취하고 나면 엉터리 술을 내놓거든요."

모두들 예수께서 기적을 행하셨다고 믿었습니다. 그래서 잔치를 시작했을 때보다 막바지에 가서 더 많은 좋은 술을 마실 수 있었다고 생각했습니다.

저 역시 예수께서 술을 가득 채워 놓으셨다고 생각했지만, 놀라지는 않았습니다. 처음 만났을 때부터 이미 그분의 목소리에서 기적을 느꼈으니까요.

그 후로도 오래도록 그분의 음성은 늘 제 가슴에 남아 있었고, 제가 첫 아이를 낳아 기를 때도 여전했습니다.

그리고 오늘날까지도 우리 마을과 이웃 마을에선 그날 잔치에 왔던 손님들이 한 다음과 같은 말이 되풀이되고 있답니다.

'나사렛 예수의 영혼이야말로 가장 훌륭하고 오래 묵은 포도주와 같다.'

비유의 말씀
— 레바논의 양치기

예수께서 다른 세 사람과 함께 저쪽 길로 걸어오신 건 어느 늦여름이었어요. 그분은 풀밭이 끝나는 저기쯤에 멈추어 바라보셨지요.

전 그때 피리를 불고 있었고, 양들은 제 주위에서 풀을 뜯고 있었어요. 그분이 걸음을 멈추시기에 저는 일어나서 그분 앞으로 갔지요.

그러자 그분이 물으셨어요.

"엘리야의 무덤이 어디 있는지 모르겠구나. 혹시 이 근처가 아니냐?"

그래서 제가 가르쳐 드렸지요.

"저쪽이에요, 선생님. 저기 돌무더기가 보이시죠? 그 밑이에요. 요즘에 와서도 지나가는 사람마다 돌을 하나씩 던지고 간답니다. 그래서 저렇게 무더기로 쌓였어요."

그분은 제게 고맙다고 인사하시고는 그쪽으로 걸어가셨어요. 그리고 그분과 함께 오신 분들도 뒤따라가셨지요.

사흘 뒤, 역시 양치기인 제 친구 가말리엘이 말하더군요. 그때 지나가신 분이 유데아의 예언자라고요. 그러나 전 믿지 않았어요. 그러면서도 그분에 대해 곰곰이 생각해 보았지요.

이듬해 봄이 되자 예수께서는 다시 한 번 이 풀밭을 지나가셨어요. 이번에는 혼자였지요.

그날은 제가 피리를 불고 있지 않았어요. 제 양 한 마리를 잃어버렸기 때문에 마음이 울적하고 기운이 빠져 있었거든요.

저는 그분 앞으로 조용히 다가갔어요. 위로를 받고 싶었지요.

그분은 저를 내려다보셨어요.

"오늘은 피리를 불지 않는구나. 뭔가 슬픈 일이 있는 것 같은데?"

그래서 대답했지요.

"양 한 마리를 잃어버렸어요. 갈 만한 곳은 다 찾아보았지만 보이질 않아요. 이제 어떻게 해야 좋을지 모르겠어요."

그러자 그분은 잠시 아무 말씀도 안 하셨어요. 그렇지만 곧 미소를 지으며 이렇게 말씀하셨지요.

"여기서 잠시 기다리렴. 내가 양을 찾아올 테니까."

그리고 그분은 언덕 너머로 사라지셨습니다.

한 시간쯤 뒤에 그분은 돌아오셨고, 잃었던 제 양 한 마리는 그분 곁에 솔솔 따라오고 있었습니다. 양은 내게 다가와 그분의 얼굴을 올려다보았어요. 저는 너무 반가워서 그 녀석을 덥석 껴안았지요.

그분은 제 어깨에 손을 얹고 말씀하셨어요.

"오늘부터 넌 이 양을 다른 어떤 양들보다도 사랑하게 될 거다. 잃어버렸다가 다시 찾은 양이니까."

저는 다시 한 번 양을 끌어안았고, 양도 제게 꼭 달라붙었지요. 전 너무 기뻐서 아무 말도 할 수가 없었답니다.

제가 예수께 감사를 드리려고 고개를 들었을 때, 벌써 그분은 저 멀리 걸어가고 계셨어요. 하지만 제겐 그분을 따라갈 만한 용기가 없었답니다.

예수의 근본 가르침
— 아리마대의 요셉

여러분이 예수께서 이루시려 했던 일의 의미를 알고 싶어 한다면 기꺼이 말씀드리겠습니다. 그러나 누구도 혈관 속을 흐르는 피를 손으로 만져 볼 수 없고 나뭇가지에 흐르는 수액을 눈으로 볼 수는 없습니다.

포도를 따 먹거나 새로 짠 포도주를 맛보았다 해도 내가 그 포도에 대한 모든 것을 여러분에게 이야기하긴 어렵겠지요.

그러므로 그분에 대해서도 내가 아는 것만을 이야기할 수밖

에 없습니다.

우리 주님은 예언자로서 불과 세 계절만을 살고 가셨습니다. 그분이 노래하셨던 봄과 그분의 절정기였던 여름, 그리고 수난을 당하신 가을입니다. 그 각 계절은 천 년의 가치가 있는 세월이었지요.

그분은 예언자로서의 봄을 갈릴리에서 보내셨습니다. 자신을 사랑하는 이들을 주위에 모아놓고, 푸른 호숫가에 앉아 하늘에 계신 아버지와 우리의 자유에 대해 처음으로 말씀하셨던 곳이 바로 거기입니다.

갈릴리 호숫가에서 우리는 아버지께로 향하는 길에 우리를 내맡겼습니다. 그러나 잃어버린 것은 하나도 없었고, 오히려 풍성하게 얻기만 했을 뿐입니다.

그곳에선 천사들이 우리 귀에 대고 노래를 불러, 우리는 이 무미건조한 세상을 떠나 마음이 원하는 곳으로 날아갈 수 있었습니다.

그분은 들판과 푸른 풀밭, 그리고 흰 백합꽃, 지나가는 장사꾼들을 반겨 주는 레바논의 골짜기에 대해 이야기해 주셨습니다.

그리고 햇살 아래 웃음 지으며 지나가는 바람에 향기를 실어 보내는 들장미 얘기도 하셨지요.

그러면서 이렇게 말씀하셨습니다.

"백합이나 들장미는 오늘 피었다가 내일이면 시들어 죽고 만다. 그러나 그들에겐 오늘 하루가 자유롭게 누릴 수 있는 영원과 같다."

함께 시냇가에 앉아 있었던 어느 날 저녁에는 또 이렇게 말씀하시기도 했습니다.

"흐르는 이 냇물을 보고 그 노래에 귀를 기울여 보자. 냇물은 영원히 바다를 찾아간다. 비록 언제라는 기약도 없이 그곳을 찾아가면서 날마다 그 신비를 노래 부른다.

너희도 저 냇물이 바다를 찾듯이 아버지를 찾기 바란다."

그 뒤로 그분의 여름이 왔습니다. 그분은 우리를 더욱더 사랑하셨지요. 예수께서는 우리의 이웃이나 떠돌이, 이방인, 그리고 우리 아이들과 함께 노는 꼬마 친구들에 대해서도 말씀하셨습니다.

그런가 하면 동방에서 이집트로 여행을 하는 사람, 저녁때 소를 몰고 집으로 돌아가는 농부에 대해서도 이야기하셨지요.

그리고 이렇게도 말씀하셨습니다.

"네 이웃은 감춰진 너 사신을 비추는 거울이다. 네가 고요하면 하느님의 얼굴이 그 위에 비춘다. 그 안을 가만히 들여다보면 너 자신의 모습을 볼 수 있을 것이다.

깊은 밤에 조용히 앉아 귀를 기울이면 하느님의 음성이 들릴 것이다. 그리고 그분의 말씀이 네 가슴에 울려오리라.

그분 안에 살아라. 그러면 그분도 네 안에 함께하시리라.

나의 법을 너희에게 전하니 너희는 너희 자녀에게 전할 것이며, 그들은 또 그 자녀에게 전하게 되리라. 이렇게 해서 세상의 종말까지 이 법이 전해지리라."

그리고 또 어떤 날은 이렇게 말씀하셨습니다.

"너희는 혼자 살아가는 것이 아니다. 다른 사람들의 언행 속에서 존재하는 것이다. 그리고 그 타인들은 비록 네가 모르는 사람이라 해도 항상 너와 함께 살아간다.

네가 손을 빌려 주지 않으면 그들은 결코 죄를 짓지 않는다. 악행은 결코 혼자 저지르는 것이 아니다.

네가 쓰러지지 않는다면 그들도 쓰러지지 않을 것이다. 그리고 네가 그들과 함께 일어서지 않으면 그들은 일어나지 못한다.

그들이 성전으로 갈 때 너도 함께 가는 것이며, 그들이 광야를 찾아 나설 때 너도 그들과 함께 나서는 것이다.

너와 네 이웃은 같은 밭에 뿌려진 두 개의 씨앗이다. 너희는 함께 자라, 함께 바람에 나부낀다.

오늘 나는 너희와 함께 있다. 그리고 내일은 서쪽으로 간다. 그러나 떠나기 전에 나는 너희에게 분명히 말해 둔다. 네 이웃은 네가 알지 못하는 너 자신이다. 이웃을 사랑함으로써 너 자신을 깨닫도록 해라. 그래야만 너희는 나의 형제가 될 것이다."

그러고 나서 그분의 가을이 왔고, 그분은 수난을 당하셨습니다.

그분은 예전에 갈릴리에서 말씀하셨던 그 자유에 대해 다시 우리에게 말씀을 들려주셨습니다. 그러나 이번 말씀은 좀 더 깊이가 있었으므로, 우리는 보다 잘 이해하려고 애썼습니다.

그분은 바람이 불 때만 노래하는 잎사귀들에 대하여 이야기하셨습니다. 그리고 다른 천사의 갈증을 채우기 위해 구원의 천사가 가득 채워 놓은 잔과 같은 사람에 대해서도 말씀하셨습니다. 그러나 그 잔이 가득 차 있든 비어 있든, 하느님의 식탁 위엔 언제나 투명한 채로 놓일 것이라고 했습니다.

예수께서는 이렇게 말씀하셨습니다.

"네가 그 잔이며, 네가 그 포도주다. 한 방울도 남김없이 마셔라. 그리고 나를 기억하면 네 갈증이 사라지리라."

남쪽으로 내려가면서 그분은 말씀하셨습니다.

"지금 서릿세도 당당하게 서 있는 도성 예루살렘은 어두운 골짜기 깊은 곳으로 무너져 내릴 것이다. 그리고 그 폐허 한가운데에 나는 홀로 서게 되리라. 성전은 허물어져 먼지로 바뀔 것이며, 성전 문 앞에선 과부와 고아들이 목 놓아 울 것이다. 우물쭈물하다가 미처 피하지 못한 사람들은 두려움에 눌려 자기 형제의 얼굴도 알아보지 못하리라.

그러나 그런 상황에서도 너희 가운데 두 사람이 함께 모여 내 이름을 부르며 서쪽을 바라보기만 하면, 너희는 내 모습을 볼 수 있을 것이며 내 목소리를 다시 듣게 되리라."

그리고 우리가 베다니 산에 다다르자 이렇게 말씀하셨습니다.
"자, 예루살렘으로 가자. 그 도시가 우리를 기다린다. 나는 나귀를 타고 성문을 들어서서 거기 모인 사람들에게 이야기를 하겠다.

나를 사슬로 묶으려는 자, 내 불꽃을 밟아 꺼 버리려는 자도 있을 것이다. 그러나 내 죽음 안에서 너희는 생명을 찾을 것이며 진정한 자유를 얻으리라.

그들은 들판과 둥지 사이를 날아다니는 제비처럼 마음과 정신 사이를 날아다니는 숨결을 찾아다닐 것이다. 그러나 나의 숨결은 이미 그들에게서 떠났다. 그들은 결코 나를 이기지 못한다.

아버지께서 내 주위에 쌓아 올려 주신 성벽은 절대로 무너지지 않는다. 그리고 그분이 거룩하게 하신 땅은 결코 더럽혀지지 않는다.

날이 밝으면 태양은 내 머리에 왕관을 씌워 줄 것이고, 나는 너희와 함께 새로운 날을 맞이하리라. 그리고 그 새날은 영원하여, 세상은 결코 황혼을 보지 못하리라.

율법학자와 바리새인들은 이 땅이 내 피를 마시고 싶어 한다고 말한다.

나는 기꺼이 내 피로 이 땅의 갈증을 달래 주리라. 그리고 그 피는 참나무와 단풍나무를 자라나게 할 것이며, 그 참나무에서 나온 도토리는 바람에 실려 다른 나라로 퍼져 나갈 것이다.

유대 인들은 왕을 원했다. 그래서 로마 군대에 대항해 싸우려 했던 것이다.

나는 그들의 왕이 될 수 없다. 시온의 왕관은 내겐 너무 작고, 솔로몬의 반지도 내 손가락엔 맞지 않는다.

내 손을 보아라. 왕홀을 잡기에는 너무 굳세고 거친 손이 아니냐? 그리고 평범한 칼을 휘두르기엔 너무도 근육이 발달한 손이다.

나는 시리아 인에게 로마 인을 공격하라고는 명령하지 않을 것이다.

내가 하는 말은 날리는 밀과 진차를 갖춘 눈에 보이지 않는 군대가 될 것이며, 도끼나 창 없이도 예루살렘의 제사장들과 카이사르를 정복할 수 있다.

나는 노예들이 앉아 다른 노예들을 지배하는 곳에서 왕이 되고 싶지 않다. 그리고 로마 인에 대항해 반란을 일으킬 생각도 없다.

그러나 나는 그들 머리 위에서 폭풍우로 휘몰아칠 것이며, 그들 영혼의 노래가 되리라.

그렇게 해서 나는 기억될 것이다.

그들은 나를 '기름 부음을 받은 자 예수'라고 부르게 되리라."

이 말씀들은 예수께서 예루살렘에 입성하기 전에 남기신 것입니다.

그리고 그분의 말씀은 끌로 새겨 놓은 듯이 내 마음에 오래도록 남아 있을 것입니다.

또 다른 혼인 잔치
— 여리고의 에프라임

그분이 여리고에 다시 오셨을 때 나는 그분을 찾아가 이렇게 부탁했다.

"선생님, 내일 제 아들이 결혼을 합니다. 부디 혼인 잔치에 오셔서 그들을 축복해 주십시오. 갈릴리의 가나에서 저의 결혼을 축복해 주셨듯이 말입니다."

그분은 내게 대답하셨다.

"제가 가나의 혼인 잔치에 손님으로 간 건 사실입니다. 하지만 앞으로는 그런 일은 없을 겁니다. 이젠 저 자신이 신랑이니까요."

나는 거듭 부탁드렸다.

"선생님, 부탁입니다. 제발 제 아들 혼인 잔치에 와 주십시오."

그분은 미소를 지으시며 나를 조금 나무라는 어조로 말씀하셨다.

"왜 저를 대접하려 하십니까? 포도주가 부족하신가요?"

"아닙니다, 선생님. 술 단지는 가득 채워 두었습니다. 부디 오셔서 축복만 해 주십시오."

그러자 그분은 이렇게 대답하셨다.

"글쎄요, 갈 수도 있겠지요. 당신의 마음이 당신 성전의 제단이라면, 아마 저도 틀림없이 가게 되셨지요."

다음 달, 내 아들은 결혼식을 올렸다. 하지만 예수께서는 잔치에 오시지 않았다. 많은 손님이 축하를 해 주러 왔지만 내 마음은 텅 비어 있는 듯했다.

나는 손님들을 맞아들였지만 실제로는 그곳에 있지 않은 셈이었다.

그분을 만나러 갔을 때 아마도 내 마음은 성스러운 제단이 되지 못했던 모양이다. 내가 또 다른 기적을 바라고 있었던 탓이었을까.

자애로운 신 예수
— 파트모스의 요한

다시 한 번 그분에 대해 이야기를 하고 싶다.

하느님은 내게 웅변의 재능을 주시진 않았지만 말할 수 있는 목소리와 입술을 주셨다.

비록 훌륭한 말솜씨는 아니지만 나는 내 마음을 말로 옮길 수 있다.

예수께서는 나를 사랑하셨지만 나는 그 이유를 몰랐다.

나도 그분을 사랑했다. 내 영혼을 높이 들어 올려 주셨고, 내가 닿을 수 없는 깊은 곳까지 이르게 해 주셨기 때문이다.

사랑이란 거룩한 신비다.

사랑하는 이들에겐 말이 필요 없다.

그러나 사랑이 없는 이들에겐 오직 썰렁한 농담만이 있을 뿐이다.

내 형제와 함께 들판에서 일을 하고 있을 때 예수께서 우리를 부르셨다.

나는 그때 젊었고, 아침이 밝아 오면 기꺼이 일터로 나가던 때였다.

그러나 그분의 음성을 듣자 나는 나도 모르게 일손을 놓고 새로운 열정에 사로잡혔다.

나는 햇살을 등에 받으며 걸었고, 시간의 아름다움을 찬미했다.

그 힘이 너무도 부드러워 오히려 느끼지 못하고, 아름다움이 너무나 강렬해서 아름다움으로 느껴지지 않는다는 것을 여러분은 이해할 수 있을까?

그분께서 부르시자 나는 그분을 따랐다.

그날 저녁, 나는 외투를 가져가려고 집에 돌아왔다.

그리고 어머니께 말씀드렸다.

"나사렛 예수께서 서들 곁에 두시겠답니다."

그러자 어머니는 기꺼이 허락해 주셨다.

"가라, 내 아들아. 네 형제들처럼."

나는 그분과 함께 다녔다.

그분은 내게 명령을 했지만 나는 자유로웠다.

사랑이란, 초대받은 손님들에겐 상냥한 주인이지만 초대받지 못한 사람들에겐 신기루나 희롱에 지나지 않는다.

여러분은 내게서 예수의 기적에 관해 듣고 싶어 한다.

그러나 우리 자신이 바로 놀라운 기적이며, 하느님과 예수는 그 놀라운 힘의 주인이시다.

하지만 예수께서는 기적을 행하는 자신의 능력이 세상에 알려지는 걸 원치 않으셨다.

나는 그분께서 앉은뱅이에게 이렇게 말씀하시는 걸 들었다.

"일어나 집으로 가시오. 그러나 제사장에게 내가 당신을 고쳐 주었다고는 이야기하지 마시오."

예수의 영혼은 다른 이들의 영혼을 찾아가 그들의 아픔을 치유해 주었다.

우리에게 기적으로 보이는 일들이 예수께는 날마다 숨 쉬는 일과 다를 바 없었다.

그러니 우리가 말하는 기적 대신 다른 이야기를 하나 해 보자.

어느 날, 나는 그분과 함께 들판을 걷고 있었다. 우리는 몹시 배가 고파 있었는데, 마침 야생 사과나무 한 그루를 발견하게 되었다.

가지에 열려 있는 사과는 꼭 두 개뿐이었다.

그분은 가지를 흔들어 사과를 땅에 떨어뜨리셨다.

그러고는 사과 한 개를 내게 주시고 다른 하나를 손에 든 채 조용히 서 계셨다.

나는 허겁지겁 사과를 먹기 시작했다. 먹다가 문득 바라보니 그분은 그저 사과를 들고 계시는 것이었다.

이윽고 그분은 내게 사과를 내밀며 그것마저 먹으라고 하셨다.

나는 부끄러워하지도 않고 서슴없이 사과를 받아 들었다.

우리는 다시 걷기 시작했고, 나는 그의 얼굴을 곁에서 바라보았다.

그때 내가 본 것을 어떻게 표현해야 할까.

밤하늘에서 타고 있는 한 자루 촛불.

우리의 손이 닿지 않는 곳에 펼쳐진 꿈.

목동들이 평화로이 양 떼에게 풀을 먹이는 한낮.

황혼, 고요함, 그리고 집으로 돌아가는 길.

깊은 잠과 평안한 꿈.

이 모든 것이 그분의 얼굴에 담겨 있었다.

그분은 내게 사과 두 개를 모두 주셨다. 그분 역시 무척 배가 고팠다는 걸 나는 알고 있었다.

하지만 그분은 내게 그 사과를 줌으로써 스스로 만족을 얻었다는 걸 나는 알았다. 그는 다른 나무에서 다른 과일을 따 먹은 셈이었다.

그분에 관해 더 많은 이야기를 하고 싶지만, 어떻게 그럴 수 있을까?

그리고 사랑이 더 큰 사랑으로 자라나면 말이 사라진다.

기억이 너무 많이 쌓이면 더 깊은 침묵에 빠지는 법이다.

스데반의 죽음
— 스데반의 친구인 가다렌의 나만

그분의 제자들은 뿔뿔이 각지로 흩어졌습니다. 세상을 떠나기 전, 그분은 제자들에게 고통을 유산으로 남겼습니다. 그들은 들판의 사슴이나 여우처럼 사로잡혔지요. 그들을 붙잡은 사냥꾼들은 화살집에 화살을 가득 담고 있었습니다.

그러나 그들이 죽었을 때, 그들의 얼굴은 즐거움으로 가득했지요. 마치 결혼식 날 신랑의 얼굴처럼 환하게 빛났습니다. 그분은 그들에게 기쁨이라는 유산도 남기셨던 것입니다.

내게는 스데반이라는 친구가 있었습니다. 그는 예수가 하느님의 아들이라고 떠들고 다녔다는 이유로, 장터에 끌려 나가 돌에 맞아 죽었습니다.

스데반이 쓰러질 때, 자기의 스승인 예수와 똑같은 모습으로 죽고 싶다는 듯이 두 팔을 옆으로 벌렸습니다. 두 팔은 마치 하늘로 날아오르려는 날개 같았습니다. 그의 눈에서 마지막 빛이 사라져 갈 때 입가에는 미소가 감돌았지요. 봄을 약속하는 겨울 끝자락의 미소랄까요? 어쨌든 훈훈한 숨결 같은, 그런 미소였습니다. 아, 대체 그걸 뭐라고 표현해야 할까요? 그 모습을 그림으로 그릴 수만 있다면!

스데반은 마치 이렇게 말하는 것처럼 보였습니다.

"다시 태어나서 이렇게 장터에 끌려와 돌을 맞아 죽는다 해도 나는 지금과 마찬가지로 진리를 외칠 것입니다."

가까운 곳에 서서, 맞아 죽는 스데반을 만족스러운 얼굴로 바라보는 사내가 있었습니다. 그는 다소의 사울이었습니다. 스데반을 제사장에게 끌고 가 군중의 돌을 맞게 만든 바로 그 장본인이었습니다.

사울은 키가 작았고 대머리였습니다. 어깨는 구부정했고 인상이 아주 험악했지요. 그래서 나는 그를 싫어했습니다.

믿기 어려운 일이지만, 지금 그는 높은 곳에 올라가 예수의 말씀을 전하고 있다고 합니다.

자기에게 반대하는 사람들의 마음을 돌리기 위해 그들의 마음 한가운데로 뛰어드는 예수의 발걸음은 죽음조차도 붙들어 맬 수 없었나 봅니다.

물론 지금도 나는 다소의 그 남자를 좋아하지 않습니다. 스데반이 죽은 뒤에 그가 다마스쿠스로 가다가 예수를 만나 그분을 모시게 됐다는 얘기는 들었지만 말입니다. 사울이라는 사내는 머리가 너무 커서, 아마 진실한 제자가 되기는 어려울 것 같습니다.

어쩌면 제가 잘못 생각하고 있는지도 모르지요. 저도 때때로 잘못을 저지르니까요.

세례자 요한의 죽음
— 예수의 사촌 형제 유다

팔월의 어느 날 저녁, 우리는 예수와 함께 호수에서 멀지 않은 황무지에 있었다. 옛사람들은 이곳을 '해골 들판'이라 불렀다고 한다.

예수께선 풀밭에 누워 하늘의 별을 바라보고 계셨다.

그런데 난데없이 두 남자가 숨을 헐떡이며 우리에게 달려왔다. 고민에 가득 찬 모습으로 그들은 예수 앞에 무릎을 꿇었다.

"어디서 오는 길입니까?"

"마케레우스입니다."

둘 가운데 한 사람이 대답했다. 예수께서는 그를 바라보시더니 낯빛이 어두워졌다.

"요한에게 무슨 일이 생겼습니까?"

그 남자가 다시 대답했다.

"그분이 오늘 돌아가셨습니다. 감옥에서 목이 잘렸답니다."

예수께서는 하늘을 보며 우리에게서 조금 떨어진 곳으로 가셨다. 그러나 잠시 후 다시 돌아오셔서 이렇게 말씀하셨다.

"벌써 오래전에 헤롯은 요한을 죽일 수 있었지만, 그는 시간을 끌어 자기 신하들을 즐겁게 해 주었다. 옛날 왕들은 예언자의 목을 그렇게 늦게 베는 일이 없었지.

나는 요한의 죽음을 슬퍼하는 게 아니라, 요한의 목을 벤 헤롯을 가엾게 여긴다. 불쌍한 왕이로다. 사슬과 밧줄에 묶인 채 끌려 다니는 짐승과 다를 바 없구나.

그 불쌍한 왕은 자신의 어둠 속에서 길을 잃고 헤매다 쓰러질 것이다. 캄캄한 바닷속에 있다면 죽은 물고기와 무엇이 다르겠느냐.

나는 왕들을 미워하지 않는다. 그들은 백성보다 훨씬 지혜로운 경우에만 백성을 다스릴 수 있다."

예수께서는 슬픔에 가득 찬 두 사람을 바라보시곤 우리에게로 눈길을 돌리셨다.

"요한의 목에서 흐르는 피는 그의 말씀과 함께 끝없이 대지를 적시는구나. 요한의 자유는 아직 완벽하지는 않다. 그러나 그는 꿋꿋함과 정의로움으로써 인내해 왔다.

사실 요한은 귀머거리들에게 '광야에서 외치는 하나의 소리'였다. 홀로 고통받았던 그를 나는 진정으로 사랑했다.

더러운 세상에 굴복하지 않고 스스로 목을 내놓은 그의 자존심을 나는 사랑했다.

너희에게 진실로 이르노니, 즈카리아의 아들 요한은 자기 민족의 마지막 인간이며, 그 역시 그의 선조들처럼 성전의 문턱과 제단 사이에서 목숨을 잃었다."

말씀을 마치고 예수께서는 다시 저만큼 떨어진 곳으로 천천히 걸음을 옮겼다.

그리고 다시 돌아오셨다.

"잠시 권력을 잡은 자들은 오랜 세월을 통치해 온 지배자들을 살해하기 일쑤다. 그들은 아직 태어나지도 않은 한 사람에게 비난을 퍼붓고 재판을 행하며, 그가 죄를 저지르기도 전에 그에게 사형 선고를 내린다.

즈카리아의 아들은 내 나라에서 나와 함께 영원히 살 것이다."

그러고 나서 예수께서는 요한의 제자들에게 눈길을 돌리셨다.

"요한의 친구들에게 돌아가 내가 그들과 함께 있으리라고 전하시오."

두 사람은 우리와 헤어졌다. 그들의 마음은 훨씬 가벼워진 듯했다.

예수께서는 다시 풀밭에 누워 두 팔을 쭉 뻗고 반짝이는 별들을 바라보셨다.

늦은 시간이었다. 나는 그분 가까이에 있었다. 자려고 했지만 나는 잠을 두드리는 손길을 느꼈다. 그래서 나는 새벽에 예수께서 나를 부르실 때까지 자지 않고 깨어 있다가 다시 길을 떠났다.

소유한다는 것
— 어떤 부자

예수는 부자들을 비난했다. 그래서 어느 날 나는 "선생님, 영혼이 평안을 누리려면 어떻게 해야 합니까?" 하고 그에게 물었다. 그러자 그는 내가 가진 모든 것을 가난한 사람들에게 나눠 주고 자기를 따르라고 했다.

그는 아무것도 가진 게 없었다. 그렇기 때문에 많은 재산이 주는 든든함과 자유를 알 수가 없었다. 더구나 그 안에 든 위엄과 자부심을 어떻게 알 수 있었겠는가.

내 집에는 백사십여 명에 이르는 노예와 하인이 있다. 그들은 내 숲이나 포도밭에서 일을 하며, 멀리 떨어진 섬까지 내 배를 몰고 다녔다.

만일 내가 예수의 말에 솔깃하여 재산을 모두 가난한 자들에게 나눠 주었다면 내 노예와 하인, 그리고 그들에게 딸린 식구들은 어떻게 되었겠는가? 예루살렘 입구나 성전 앞에서 구걸하는 거지가 되었음에 틀림없다.

"선한 사람들은 부에 관심이 없다."라고 말하는 것은 옳지 않은 일이다. 예수와 그 제자들은 다른 사람들의 호의에 의존해 살았으므로 모든 사람이 그런 식으로 살아야 한다고 생각했던 것이다.

이 얼마나 모순에 가득 찬 일인가? 부자는 가난한 사람들에게 재산을 나눠 주어야만 하고, 그래서 가난한 사람들은 부자가 자기들을 반갑게 식탁으로 맞아들이기도 전에 부자의 빵을 가져가야만 한단 말인가?

추운 겨울에 대비해 곡식을 저장하는 개미는 노래만 부르다

굶주려 가는 베짱이보다 훨씬 지혜롭다.

지난 안식일에 그의 제자 하나는 장터에서 이렇게 설교했다.

"예수께서 신발을 벗으실 천국의 문턱에조차, 머리를 누일 수 있는 자격을 가진 사람은 아무도 없습니다."

그러나 자기 집 문턱에서 그 정직한 방랑자가 자기 신발을 벗었다는 말을 나는 믿을 수 없다. 그는 집도 문턱도 가진 일이 없었고, 신발도 없이 맨발로 다니는 일이 훨씬 많았기 때문이다.

셈 족의 신
— 폼페이 인 마노가 어느 그리스 인에게

유대 인은 이웃 나라의 페니키아 인이나 아랍 인처럼 순간의 어려움을 모면하기 위해 자신들의 신을 모독하지 않습니다.

그들은 자신들의 신인 하느님에 대해 지나치리만큼 경건하고 철저하며 기도와 경배, 그리고 자기희생에 있어서 정말 놀라울 정도로 열심입니다.

우리 로마 인이 대리석으로 훌륭한 신전을 세우는 동안 그들은 하느님의 본질을 논합니다. 우리가 주피터, 마르스, 주노, 비너스 신의 제단 근처에서 황홀경에 빠져 노래와 춤을 즐기는 동안, 그들은 깊은 비탄 속에 빠져 있고 심지어는 자신이 태어난 날을 서러워하기도 합니다.

예수가 그들에게 하느님은 기쁨이 넘치는 신이라고 밝히자, 그들은 예수를 괴롭히고 죽음에까지 이르게 했습니다.

이 민족은 행복한 신을 모시고 있는데도 전혀 행복하지가 않습니다. 그들은 오로지 고통의 신을 알고 있을 따름입니다.

예수의 웃음과 즐거운 모습을 잘 알고 있는 그의 친구들과 제자들마저도 오직 그의 슬픔만을 기억하며 섬기고 있습니다.

그들은 자신들의 신을 받드는 게 아니라 오히려 자기들 옆으로 끌어내립니다.

그럼에도 불구하고 나는 철학자 예수가 자기 민족뿐만 아니라 다른 민족에게도 영향력을 갖게 되리라고 믿습니다, 마치 소크라테스처럼.

모든 인간은 슬픔을 아는 동물이며, 남을 의심할 줄도 아는 종족이니까요. 누군가가 우리에게 '신들과 함께 늘 즐거워하라'고 말하면 우리는 그의 목소리에 의혹을 품지 않을 수 없습니다. 그러나 예수의 고통이 하나의 종교적인 의식으로 받아들여지고 있다는 것은 좀 이상한 일입니다.

이 민족은 숲에서 살해된 또 다른 아도니스를 만들어 내어 그의 죽음을 다시 기념하려 합니다. 이들이 예수의 웃음에 주의를 기울이지 않는 것은 안타까운 일이지요.

그러나 우리는 로마 인으로서 그리스 인에게 이런 고백을 해야겠군요. 아테네 거리에서 소크라테스의 웃음을 들어 본 일이 있습니까? 여러분은 술과 쾌락의 신인 디오니소스를 기리는 극장에서까지도 소크라테스가 마신 독배를 잊은 적이 없지 않습니까.

그리고 우리의 선조들은 잠시 길모퉁이에 멈춰 서서 어려운 일들에 대해 잡담을 나누면서, 위대한 인물들의 비극적인 최후를 기억하는 행복한 시간을 가지곤 하지 않았습니까.

다소의 사울에 대해
— 안티오키아의 사바

오늘 나는 다소의 사울이 이 도시의 유대 인들에게 그리스도에 대해 설교하는 것을 들었다. 지금은 그를 바울이라고 부르며, 그는 이방인들에게 복음을 전하고 있다.

나는 젊어서부터 그를 살 알고 있는데, 당시에 그는 나사렛 예수의 친구들을 박해했었다. 그의 동료들이 예수의 말씀을 전하던 스데반이라는 훌륭한 젊은이를 돌로 쳐 죽였을 때, 그가 흡족해 하던 모습을 나는 생생하게 기억하고 있다.

이 바울이라는 사람은 정말 특이한 사람이다. 그의 영혼은 자유인의 영혼이 아니었다.

때때로 그는 사냥꾼에게 쫓기고 상처를 입어 자신의 고통을 숨길 만한 적당한 동굴을 찾는 한 마리의 산짐승 같았다.

그는 예수에 대해 이야기하는 것도 아니고, 예수의 말씀을 되풀이하는 것도 아니다. 그는 옛날 예언자들이 예언했던 메시아에 대해 설교를 하는 것뿐이다.

그 자신도 유대 인이지만 그는 유대 인 동포들에게 그리스 어로 설교한다. 그런데 그리스 어가 그리 유창하진 못해서, 그는 적당한 말들을 제대로 표현하지 못한다.

그러나 그는 뭔가 숨겨진 힘을 가지고 있어서 그가 가는 곳엔 언제나 사람들이 몰린다. 그리고 때때로 그는 자기 자신도 확신하지 못하는 것을 사람들에게 확신시켜 주는 힘을 발휘하기도 한다.

예수를 알고 있고 그가 하는 이야기를 들어 본 일이 있는 우리는, 예수가 사람들에게 어떻게 속박의 사슬을 끊고 자신의 과거로부터 자유로워질 수 있는가를 가르쳤다고 말한다.

그러나 바울은 내일을 위해 사슬을 만들고 있다. 그는 자기도 모르는 사람의 이름으로 우리의 귀를 두들겨 댄다.

나사렛 예수는 우리를 열정과 환희 속에서 살아가게 하려 했다.

그러나 바울은 옛날 책 속에 기록되어 있는 율법으로 우리를 묶어 두려 한다.

예수는 생명이 없는 자에게 자기 숨결을 불어넣었다. 그래서 어둠 속에서도 나는 믿고 이해하게 되었다.

식탁에 앉으면 예수는 함께 앉은 사람들에게 즐거움을 주는 이야기를 들려주면서 기쁘게 먹고 마셨다.

그러나 바울은 우리의 빵과 술잔을 미리 정해 두고 싶어 한다.

이젠 나도 다른 쪽으로 눈길을 좀 돌려 보고 싶다.

예수와 판 신
— 그리스의 늙은 목자 사르키스

나는 예수와 판(Pan: 그리스 신화에 나오는 숲과 목양의 신. 뿔과 발굽이 있고 피리를 잘 분다) 신이 깊은 숲 속에 함께 앉아 있는 것을 꿈속에서 보았습니다.

졸졸 흘러가는 시냇물 곁에서 두 분은 얘기를 주고받으며 미소를 지었습니다. 예수는 즐겁게 웃었고, 그들은 꽤 오랫동안 이야기를 나누었습니다.

판 신은 대지와 자연의 신비를 털어놓았고, 발굽 달린 자기 형제들과 뿔 달린 누이들에 대해서도 얘기하셨습니다. 식물의 뿌리가 새끼를 치며 자꾸 뻗어 나가는 것과 여름을 불러 깨우는 나무들의 노래에 대해서도요.

예수께서는 숲 속에 돋아나는 어린 덤불과 꽃, 열매, 그리고 다가올 계절에 싹이 틀 씨앗들에 대해 말씀하셨습니다.

또 천상에서 지저귀는 새들에 대한 이야기도 하셨습니다.

그리고 하느님께서 보살펴 주시는 사막에 사는 흰 수사슴에 대해서도 얘기하셨지요.

판 신은 매우 즐거운 듯 연달아 콧김을 내뿜었습니다.

또 다른 꿈에서 나는 두 분이 고요한 풀밭 그늘에 앉아 쉬고 계신 것을 보았습니다.

판 신은 갈대 피리로 노래를 불렀습니다. 그러자 나무들이 몸을 흔들고 풀잎들도 이리저리 나부꼈습니다. 나는 조금 두려워졌지요.

예수께서 말씀하셨습니다.

"형제여, 그대의 갈대 피리 속엔 숲 속의 빈터가 있는가 하면 높은 바위산도 들어 있군요."

그러자 판 신은 갈대 피리를 예수에게 주면서 말했습니다.

"이젠 당신 차례요."

예수께서 대답했습니다.

"이 피리는 내 입엔 맞지 않아요. 대신 이 피리를 불겠습니다."

그러고는 자기 피리를 꺼내 불기 시작했습니다.

나는 그 소리 속에서 잎사귀 위에 떨어지는 빗방울 소리, 골짜기를 돌아 흐르는 시냇물의 노래, 산꼭대기에 흰 눈이 쌓이는 소리를 모두 들을 수 있었습니다.

먼 옛날 바람이 불면 그 바람과 함께 뛰었던 내 맥박이 되살아났습니다. 과거의 일들이 파도가 되어 내 물가로 밀려오고, 나는 다시 젊은 양치기가 되었습니다. 피리 소리는 수없이 많은 양 떼를 다시 불러 모으는 노래였습니다.

판 신은 예수에게 말했습니다.

"나이 많은 나보다 당신의 젊음이 이 갈대 피리에 더 어울리는구려. 오래전에 내가 고요히 쉬고 있었을 때 당신의 이름과 노래를 들은 적이 있소. 당신 이름은 아주 아름다운 울림을 가지고 있소.

그것은 작은 나뭇가지들로 퍼져 올라가는 수액과 같고 언덕 사이를 달리는 발굽 소리와 같소.

우리 아버지는 나를 그런 이름으로 부르시진 않았지만, 그 이름이 조금도 어색하게 들리지 않는구려. 당신의 피리 소리는 나를 저 먼 기억 속으로 끌고 가오.

자, 우리 함께 갈대 피리를 불어 볼까요?"

두 분은 함께 피리를 불었습니다.

그 노래는 하늘과 땅에 울려 퍼져 모든 살아 있는 것에게 두려움을 주었지요.

나는 짐승들이 울부짖는 소리, 굶주린 숲이 부르는 소리, 외로운 사람이 외치는 소리, 먼 곳에 대한 그리움에 빠진 사람이 서글프게 흐느끼는 소리를 들었습니다.

그리고 사랑하는 이를 그리는 여인의 한숨 소리, 사냥감을 놓친 사냥꾼의 안타까운 탄식도 들었습니다.

그들의 노래에는 곧 평화가 찾아들었고, 그러자 하늘과 땅도 함께 노래를 불렀습니다.

이는 모두 내가 꿈속에서 보고 들은 것입니다.

예수에게 싫증이 난 사람
— 케사레아의 에프타

여러분의 하루를 온통 사로잡고 밤이 되어도 해이해지거나 쉴 줄 모르는 이 사람에 대해 나는 매우 언짢게 생각한다. 여러분은 그의 말과 행동으로 나를 괴롭힌다.

나는 그의 말과 그가 하는 모든 일에 염증이 난다. 그의 이름, 그의 고향의 이름을 듣기만 해도 나는 몸서리가 쳐진다.

왜 여러분은 그림자에 불과한 그를 변호하는 자들이 되었는가. 왜 모래뿐인 언덕에 높은 탑을 세우려는 꿈을 꾸고, 작은 빗방울이 모여 호수를 이루리라는 생각을 하게 되었는가.

나는 골짜기의 동굴에서 울리는 메아리를 탓하지 않고 해 질 녘에 길게 드리워지는 그늘을 비웃지도 않는다. 하지만 나는 여러분의 머릿속에서 머뭇거리는 헛된 생각에 결코 귀를 기울이지 않고, 당신들의 눈에 비치는 잘못된 관념에도 빠지지 않을 것이다

예언자나 선지자들이 할 수 없었던 그 어떤 얘기를 예수가 했단 말인가. 이제껏 누구도 들려주지 못한 그 어떤 노래를 그가 들려주었단 말인가.

나는 동굴에서 울려 나온 메아리가 조용한 골짜기로 스며드는 소리에 귀를 기울이고 해거름 위로 눈길을 보낸다. 하지만 그의 숨결이 다른 사람에게 옮겨 가는 것은 허락할 수 없다. 또 그가 예언자라 불리는 것도 용서할 수 없다.

예언자 이사야 이후로 누가 과연 예언을 했단 말인가. 다윗 왕 이후로 누가 감히 노래를 불렀겠는가. 또 솔로몬 이후로 누가 감히 지혜롭다는 칭송을 들을 수 있겠는가.

그들의 혀는 날카로운 칼이었고, 입술은 타오르는 불꽃이 아니었던가.

갈릴리에서 건너와 이삭을 줍는 그를 위해 예언자들이 혹시 지푸라기를 남겨 놓은 것은 아닐까. 추운 지방에서 온 걸인을 위해 과일 하나쯤 땅에 떨어뜨려 둔 것은 아닐까. 그가 해야 할 일이 과연 무엇이란 말인가. 그보다 앞선 사람들이 이미 곡식을 빻아 놓고 포도를 으깨어 술로 만들어 놓지 않았던가.

내가 칭송해야 할 것은 그릇을 산 사람이 아니라 그 그릇을 만든 사람의 손이다.

나는 옷을 걸치고 있는 사람보다도 베틀 앞에 앉아 있는 사람을 더 존경한다.

나사렛 예수, 그는 어떤 사람인가. 그는 죽어 이제 그 영혼조차도 없다. 그는 영원히 잊혀 버렸다. 이것이 그의 마지막이다.

그의 말과 행동으로 더 이상 나를 못살게 굴지 말라.

내 가슴은 이미 옛 선지자들의 예언으로 가득 차 넘치고 있으니.

스토아 철학자인 예수
— 로마 병사 클라우디오

예수가 잡혀 오자 그를 감시하는 임무가 내게 맡겨졌다. 나는 빌라도의 명령에 따라 그를 다음 날 아침까지 가둬 두었다. 부하들이 그를 감옥에 넣었고, 그는 순순히 따랐다.

한밤중에 나는 아내와 아이들을 두고 집을 나와 늘 하던 대로 부대를 순찰했다. 그리고 그날 밤엔 예수가 갇혀 있는 감옥에 들러 보았다.

젊은 유대 인 몇몇과 내 부하들이 그를 조롱하고 있었다. 그들은 그의 옷을 벗기고, 찔레 가시로 만든 면류관을 예수의 머리에 씌워 놓았다.

그를 기둥에 기대 앉혀 놓고 그 앞에서 춤을 추며 욕을 퍼부었다.

그리고 그의 손에 갈대를 한 가닥 쥐어 주었다.

내가 들어섰을 때 누군가가 외쳤다.

"보라, 이 유대 인 왕을!"

예수 앞으로 가서 그를 바라보았을 때 나는 몹시 부끄러운 마음이 들었다, 그 이유는 알 수 없었지만.

나는 갈리아와 스페인에서의 전투에 참가한 적이 있다. 많은

병사와 함께 죽음을 코앞에 두었을 때도 나는 두려워한 일이 없었으며, 비겁한 군인이 되어 본 적은 한 번도 없었다. 하지만 그가 나를 바라보자 나는 그만 넋이 나가고 말았다. 내 입술은 실로 꿰매 버리기라도 한 것처럼 한마디도 할 수가 없었다. 나는 얼른 그곳을 빠져나왔다.

그 뒤로 30년이라는 세월이 흘렀다. 그때 갓난아기였던 내 아들은 어느새 어른이 되어 충성스러운 로마 시민이 되었다.

자식들과 이야기를 나눌 때면 나는 가끔 예수 이야기를 꺼낸다. 죽음을 앞두고도 오히려 자신을 죽이는 사람들에 대해 연민을 품었던 그 사람.

이제 나는 살 만큼 살았다. 솔직히 말하자면, 폼페이우스나 카이사르마저도 갈릴리의 그 사람보다 위대하진 못했다.

그가 죽은 뒤로 이 땅에서는 그를 위해 싸우는 사람들이 생겨났다. 그는 비록 죽었지만, 살아 있을 때의 폼페이우스나 카이사르보다도 훨씬 더 많은 사람의 존경을 받을 뿐만 아니라 그를 따르는 사람이 더욱 많아졌다.

나그네 예수

— 유스투스라고 불린 요셉

사람들은 예수가 상스럽고 천한 사람이라고 경멸했다.

바람으로 머리를 빗고, 비가 와야만 옷과 몸이 깨끗해지는 사람이라며 비웃었다.

그는 미쳤고, 그의 말은 악마를 위한 것이라고도 했다.

그러나 보라! 모두에게서 멸시받던 그가 떨쳐 일어나자 그 메아리가 그치지 않는구나.

그의 노래는 누구도 막을 수가 없다. 그가 부른 노래는 영원히 세상 어느 곳에서나 살아 있어, 생명을 불어넣던 그 입술을 모두들 기억하리라.

그는 이방인이었다. 하지만 그는 성지로 가는 나그네였고, 우리 문을 두드리는 손님이었으며, 먼 나라에서 찾아온 아주 귀한 방문객이었다.

참으로 다정한 주인을 만나지 못했기에 그의 나라로 되돌아가 버린 손님이었던 것이다.

이방인 예수
— 나사렛 노인 우리아

그는 우리 가운데 이방인입니다. 그의 삶은 어두운 베일로 싸여 있습니다.

그는 우리 하느님의 길로 가지 않고 더럽고 수치스러운 곳으로만 걸어갑니다.

어릴 때부터 그는 반항심이 커 우리 자연이 베풀어 준 맛있는 젖을 먹지 않았습니다.

그의 젊은 날은 어둠 속에서 불타오르는 마른 풀밭 같았습니다.

어른이 되자 그는 우리 모두에게 맞서 무기를 들었습니다.

이런 자들은 세상의 종말에 즈음하여 어미의 자궁에 들어갔다가 악마의 폭풍우 속에서 태어납니다. 그리고 비바람 속에 잠깐 살다가 영원한 어둠 속으로 사라지는 것입니다.

여러분은 저 고귀한 학자들과 논쟁하며 그들의 권위를 비웃었던 어린 소년을 기억하지 못합니까? 톱과 망치를 들고 어린 시절을 보냈던 그 목수의 아들 말입니다.

그 소년은 언제나 친구도 없이 홀로 다녔지요.

마치 우리보다 높은 곳에 서 있기나 한 것처럼, 그는 우리가 아무리 칭찬을 해 줘도 한 번도 감사를 표하지 않았습니다.

나는 그를 들판에서 한 번 만난 적이 있습니다. 내가 무척 반가워했는데도 그는 가볍게 미소를 던질 뿐이었지요. 더구나 그 미소 뒤엔 엄청난 오만이 숨어 있었습니다.

얼마 뒤에 내 딸은 친구들과 함께 포도를 따러 갔다가 포도밭에서 그를 만났다고 합니다. 딸애가 말을 건넸지만 그는 대답을 하지 않더라는군요.

그는 오직 그곳에 모인 모든 사람을 향해 이야기를 할 뿐이었습니다. 내 딸의 존재를 무시한 채로 말입니다.

그는 자기 가족을 버리고 방랑자가 되었으나 그저 허풍선이에 지나지 않았습니다. 그의 목소리는 우리의 살에 박힌 발톱 같았고, 그 목소리의 울림은 우리 기억 속에 아직도 고통스럽게 남아 있습니다.

그는 우리와 우리 선조들이 행한 악에 대해서만 이야기했습니다. 그의 혀는 독을 바른 화살처럼 우리 심장을 노렸지요. 예수는 그런 자였습니다.

만일 그가 내 아들이었다면 아라비아에 있는 로마 군대에 보내, 그를 최전방에 배치해 달라고 사령관에게 간곡히 부탁했을 겁니다. 적이 그 무례한 녀석을 끝장내도록 말입니다.

다행스럽게도 내겐 아들이 없습니다. 만약 있었다면 백성들의 적이 되어 내 잿빛 머리를 치욕으로 떨게 하고 내 흰 수염을 부끄럽게 만들었을지도 모르는 일이 아닙니까?

중립적인 사람
— 예루살렘의 장사꾼

나는 그를 사랑하진 않았지만, 그렇다고 해서 미워하지도 않았다. 나는 그의 말보다는 목소리를 듣기 위해 그의 이야기를 들으러 다녔다. 그의 목소리가 내게 기쁨을 주었기 때문이다.

그의 이야기는 이해하기 약간 어려웠지만, 거기서 울려 나오는 가락은 내 귀를 깨끗하게 씻어 주었다.

사실 다른 사람들이 그의 가르침을 설명해 주지 않았다면 나는 그가 유대 인 편을 드는 사람인지, 유대 인을 괴롭히는 사람인지 몰랐을 것이다.

감옥 담장 밖의 예수
— 마태

어느 날, 예수께서는 다윗의 망루에 있는 감옥을 지나치시게 되었다.

우리는 그분을 따라 걷고 있었다.

그분은 갑자기 발을 멈추고 뺨을 감옥 담벼락에 대셨다. 그리고 이렇게 말씀하셨다.

"나의 옛 형제들이여, 내 심장은 이 벽을 뛰어넘어 그대들의 심장과 함께 뛰고 있습니다. 그대들은 내 자유 속에서 자유를 얻고, 나와 내 친구들과 함께 걷게 될 것입니다.

그대들이 비록 갇힌 몸이라 하나 결코 혼자가 아닙니다. 지금 이 거리를 활보하고 있는 이 많은 사람도 갇힌 사람과 다를 바 없습니다. 그들은 날개를 빼앗기진 않았지만 공작새처럼 푸드덕거리기만 할 뿐 결코 날지는 못 합니다.

형제들이여, 내 곧 그대들을 찾아가 무거운 짐을 대신 지겠습니다. 죄인과 결백한 자는 결코 둘로 나뉠 수 없으니, 그것은 팔을 이루고 있는 두 뼈를 쪼갤 수 없음과 같습니다.

형제들이여, 그대들은 저들의 뜻을 거슬러 헤어지다 붙잡힌 몸이 되었습니다. 저들은 또한 나보고 죄인이라 말했지요. 아마도 율법을 파괴한 죄인으로서 나는 형제들과 함께 있게 될 것입니다.

형제들이여, 머지않아 이 벽이 허물어지고 새로운 집이 들어서리니 그때 그대들은 자유를 마음껏 누리게 될 것입니다."

예수께서는 감옥을 완전히 지나칠 때까지 두 손을 계속 감옥 벽에 댄 채로 걸어가셨다.

최후의 만찬
— 예수의 형제 야고보

그날 밤에 대한 기억을 아마 천 번도 넘게 되살렸을 것이다. 그렇지만 나는 앞으로도 수없이 그 기억을 되살릴 것이다.

대지가 그 가슴에 새겨진 주름살을 잊어버리기 전엔, 여인들이 아이를 낳을 때의 고통과 기쁨을 잊어버리기 전엔 그날 밤에 대한 나의 기억은 결코 지워지지도 지울 수도 없을 것이다.

그날 낮에 우리는 예루살렘 성 밖에 있었다. 그런데 예수께서 말씀하셨다.

"자, 이젠 성안으로 들어가자. 가서 저녁을 먹자꾸나."

여인숙에 이르자 주위는 벌써 어둑어둑해졌다. 우리는 몹시 배가 고팠다. 주인은 우리를 무척 반기며 이 층으로 안내했다.

예수께서는 우리를 식탁에 앉히시고는 계속 서 계신 채로 우리를 바라보시더니 주인을 부르셨다.

"대야와 물주전자, 그리고 수건을 좀 부탁합니다."

그러고는 다시 우리에게 다정하게 말씀하셨다.

"신을 벗어라, 모두들."

우리는 영문을 몰랐지만 그분 말씀에 따랐다.

곧 주인이 대야와 물주전자를 들고 나타났다. 그러자 예수께

서 말씀하셨다.

"이제 내가 너희의 발을 씻겨 주마. 이제까지 걸어오는 동안 지치고 먼지로 덮인 발을 깨끗이 씻어, 너희에게 새로운 길을 걸어갈 힘과 자유를 주어야겠다."

우리는 당황하고 무안하여 어쩔 줄을 몰랐다.

그때 시몬 베드로가 일어섰다.

"어떻게 선생님께서 발을 씻겨 주시도록 저희가 가만히 있을 수 있습니까?"

예수께서는 이렇게 대답하셨다.

"남을 대접하고 남에게 봉사하는 사람이 가장 위대하다는 사실을 너희가 기억하도록 하기 위함이다."

그러고는 우리 한 사람 한 사람을 조용히 바라보셨다.

"너희를 영세로 빛이 들인 사람의 아들에게, 어제 어느 여인은 향유를 부어 발을 씻겨 주고 자기 머리카락으로 물기를 말려 주었다. 이젠 내가 너희의 발을 씻겨 주고 싶구나."

그분은 바닥에 무릎을 꿇고서 유다의 발을 씻겨 주시고, 차례로 우리 모두의 발을 씻겨 주셨다.

그다음 예수께서는 우리와 함께 식탁 앞에 앉으셨다. 그분의 얼굴은 밤새 싸워 이겨 들판 위로 떠오른 태양처럼 눈부셨다.

그때, 주인이 아내와 함께 준비한 음식과 술을 가져왔다.

예수께서 내 앞에 무릎을 꿇으시기 전부터 나는 몹시 배가 고팠다. 하지만 이제는 이미 허기를 전혀 느끼지 못했다.

그리고 어느덧 포도주로는 결코 끌 수 없는 불길이 내 목 안에서 타오르고 있었다.

예수께서는 빵 한 덩이를 집어 우리에게 나눠 주시며 말씀하셨다.

"아마 다시는 이렇게 함께 빵을 먹지 못할 것이니, 갈릴리에서 보냈던 날들을 기억하며 식사를 하자."

그분은 술잔에 포도주를 가득 채우신 뒤, 우리에게도 따라 주셨다.

"우리 모두가 함께 느꼈던 목마름을 기억하며 이 술을 마시자. 또한 새 포도주를 담글 날을 기대하며 함께 들도록 하자. 내가 너희와 포옹할 수 없고, 더 이상 너희 가운데 있지 못하게 될 때, 지금 여기에서처럼 너희는 함께 둘러앉아 빵과 포도주를 나누도록 해라. 그러면 너희와 함께 식탁 앞에 앉아 있는 나를 보게 될 것이다."

말씀을 마치고 예수께서는 생선과 꿩고기를 나눠 주셨다, 어미 새가 새끼들을 먹이듯이.

조금밖에 먹지 않았지만 배 속이 든든했고, 술잔은 이 세상 술을 다 담을 만큼 넉넉했다.

이윽고 예수께서 말씀하셨다.

"식사를 끝내기 전에 모두 일어서서 갈릴리의 즐거운 노래를 부르자."

우리는 일어서서 함께 노래를 불렀다. 그분의 목소리는 우리 모두의 목소리를 압도했고, 마디마디마다 선명하게 울려 퍼졌다.

그분은 우리를 일일이 살펴보시고는 말씀하셨다.

"이젠 작별을 해야겠구나. 이제 겟세마니 동산으로 떠나야겠다."

그러자 세베대의 아들 요한이 물었다.

"선생님, 어째서 오늘 밤 저희에게 작별 인사를 하십니까?"

예수께서 요한을 바라보셨다.

"걱정할 것 없다. 내 아버지의 집에 너희의 자리를 마련하러 가기 위해 자리를 비우는 것뿐이다. 그러나 너희가 나를 필요로 하면 나는 언제든지 돌아올 것이다. 너희가 나를 부르면 그 소리를 들을 것이며, 너희의 영혼이 나를 찾는 곳에 언제나 내가 있으리라.

목마른 자가 포도주를 짜고, 배고픈 자가 혼인 잔치를 찾아간다는 걸 잊지 마라.

너희가 사람의 아들을 찾는 것은 너희의 갈망 때문이다. 갈망은 기쁨의 샘이요, 아버지에게로 이르는 길이다."

요한이 다시 물었다.

"선생님께서 저희를 떠나가시는데, 저희가 어찌 기쁜 마음을 가질 수 있겠습니까? 왜 떠난다는 말씀을 하시는 것입니까?"

예수께서는 부드러운 눈길로 요한을 바라보셨다.

"사슴은 사냥꾼의 화살에 맞기 전에 이미 그 화살을 보는 법이다. 강물은 바다에 이르기 전에 이미 바다를 느끼지 않더냐? 사람의 아들은 우리 모두가 걷는 인간의 길을 걸어 여기까지 왔다.

다른 복숭아나무가 그 꽃을 태양에게 바치기 전에 내 뿌리는 이미 다른 들판의 가슴에 안겨 있을 것이다."

말씀을 듣던 시몬 베드로가 나섰다.

"선생님, 저희를 떠나지 마십시오. 선생님과 함께 지내는 기쁨을 저희에게서 빼앗지 말아 주십시오. 선생님께서 가시는 곳이면 어디라도 따르겠습니다. 선생님이 계신 곳에 저희도 있을 겁니다."

예수께서는 베드로의 어깨에 손을 얹고 활짝 웃으셨다.

"그러나 이 밤이 새기 전에 너는 나를 모른다 할 것이다. 내가 너를 떠나가기 전에 네가 나를 버릴 것이라고 어느 누가 생각이나 하겠느냐?"

예수께서는 길을 떠나셨고, 우리는 그를 따라갔다. 그러나 우리가 예루살렘 성문 앞에 이르렀을 때, 유다는 이미 곁에 없었다. 우리는 야하남 골짜기를 건넜다. 예수께서는 저만치 앞질러 가셨다.

작은 올리브 숲에 이르자 그분은 걸음을 멈추셨다.

"여기서 좀 쉬었다 가자."

공기는 차가웠지만 꽃이 피어나는 봄이었다. 우리는 나무 그늘을 찾아 주저앉았다. 나는 외투로 몸을 감싸고 소나무 아래에서 쉬었다.

예수께서는 홀로 일어나 올리브 숲으로 걸어가셨다. 모두들 곧 잠들었지만 나는 그분을 계속 바라보고 있었다.

그분은 잠시 서 계시다가는 또 이리저리 서성거리셨다.

그러고는 얼굴을 하늘로 향하고 두 팔을 길게 뻗으셨다.

언젠가 들었던 그분의 말씀이 떠올랐다.

"하늘과 땅, 그리고 지옥도 모두 인간의 것이니라."

나는 올리브 숲 사이로 걸어가시는 그분이 사람을 만든 하늘임을 알았다.

대지의 자궁이란 시작도 끝도 아니며, 잠시 멈춰 서 있는 마차였다. 그리고 경이와 신비의 찰나에 불과했다. 그리고 지옥이란 그분과 예루살렘 사이에 놓인 야하남이라 불리는 골짜기였던 것이다.

나는 그때 그분의 목소리를 들었다. 그러나 우리에게 하신 말쏨이 아니었다. 그분은 "아버지!"라고 세 번 외치셨다. 그게 전부였다.

그분은 팔을 떨어뜨린 채 조용히 서 계셨다. 내 눈과 하늘 사이에 서 있는 삼나무처럼.

조금 뒤 그분은 우리에게로 걸어오셨다.

"일어나라. 이제 시간이 되었다. 세상은 이미 우리와 싸울 채비를 끝냈구나.

조금 전에 아버지의 말씀을 들었다. 내 너희를 다시 못 보게 되거든, 정복자는 자기 자신을 정복하기 전에는 결코 평화를 얻지 못함을 기억하도록 해라."

우리가 모두 일어서서 그분께 다가가자, 그분의 얼굴은 사막 위에 펼쳐진 별무리 가득한 하늘 같았다.

예수께서는 우리 하나하나의 뺨에 입을 맞춰 주셨다. 그분의 입술이 내 뺨에 닿았을 때, 그 입술은 열병에 걸린 아이의 손처럼 뜨거웠다.

갑자기 먼 곳에서 시끄러운 소리가 들려오기 시작했다. 그 소리는 점점 가까워졌다. 한 손엔 등불, 다른 한 손엔 몽둥이를 들고 많은 사람이 떼 지어 몰려오고 있었다.

그들이 다가오자 예수께서는 앞으로 나서셨다. 무리를 이끌고 있는 사람은 다름 아닌 유다였다.

무리 가운데는 칼과 창을 들고 있는 로마 병사도 있었고, 손도끼와 장작을 들고 온 예루살렘 사람들도 있었다.

유다는 예수께 다가서서 입을 맞췄다. 그러고는 병사들에게 말했다.

"이 사람이 바로 그자요."

예수께서는 유다를 바라보셨다.

"유다야, 나를 위해 오랫동안 망설였나 보구나. 벌써 어제 벌어졌어야 할 일이 아니더냐."

그리고 예수께서는 병사들에게 몸을 돌리셨다.

"자, 나를 잡아가시오. 하지만 그대들의 울타리가 내 날개를 가두기에는 너무 큰 것 같소."

그들은 예수를 쓰러뜨리고 고함을 지르며 끌고 갔다.

우리는 두려워 떨며, 피할 곳을 찾아 재빨리 도망쳤다. 나는 올리브 숲을 빠져나와 뛰어 달아났다. 내 마음속엔 두려움 말고는 아무것도 없었다.

몇 시간을 달려 나는 무작정 도망쳤다. 그리고 새벽이 되자 나는 여리고 근처 마을에 와 있는 것을 알았다.

왜 내가 그 자리에서 도망쳐 버렸는지 스스로도 알 수 없었다. 서글프게도 나는 그분을 버렸다. 너무나 겁이 많아 그분의 적들 앞에서 도망치고 만 것이다.

나는 몹시 앓았다. 부끄러워 얼굴을 들 수가 없었다. 나는 다시 예루살렘으로 돌아갔다. 그분은 죄인이 되었고, 누구도 그분을 만날 수 없었다.

마침내 사람들은 그분을 죽였고, 그분의 피는 이 땅을 적셨다.

그리고 나는 아직 살아 있다. 그분이 마련해 주신 삶 가운데에서.

그의 죽음은 온 인류의 죽음
— 빌립보

우리를 사랑하셨던 그분이 돌아가셨을 때 우리 모두는 함께 죽었고, 세상 만물은 침묵을 지키며 어두운 빛깔로 변했다. 동쪽 하늘이 어두워지며 비바람이 몰아쳐 온 세상을 삼켜 버렸다. 하늘의 문이 잠시 열렸다가 닫히고, 폭풍이 몰고 온 거센 빗줄기가 그의 손발에서 흘러나온 피를 씻어 냈다.

그때 나도 역시 죽었다. 그러나 망각의 깊은 늪 속에서 나는 그의 말씀을 들었다.

"아버지, 저들을 용서하소서. 저 사람들은 자신이 한 일을 알지 못하나이다."

그의 목소리는 물에 빠진 내 영혼을 찾아내 강기슭으로 끌어올렸다.

나는 두 눈을 크게 뜨고 희디희게 빛나는 그분이 구름에 기대어 앉아 있는 것을 보았다. 내 안에 자리 잡은 그의 말씀 때문에 나는 새롭게 태어났으며 더 이상 슬퍼하지도 않았다.

제 얼굴을 드러내는 바다와 햇살 아래 커다란 웃음을 터뜨리는 산을 보고 누가 슬퍼하겠는가?

말씀을 전하다가 그의 심장이 조각나 버렸을 때, 그럴 때 그분의 심정이 되어 본 적이 있는가.

그를 자유롭게 할 수 있는 어떤 판결이 가능했겠는가. 그분 말고 스스로의 힘과 자신에 대한 믿음으로 악에 맞서 싸운 사람이 또 누가 있겠는가. 1

하늘과 땅 사이에 울려 퍼진 힘찬 나팔 소리를 일찍이 그 누가 들어 보았는가.

죽은 자가 자기를 죽인 자를 용서했다는 이야기를 우리가 이전에 어디서 들은 적이 있는가.

계절이 바뀌고 세월이 흐를수록 그분의 말씀은 우리에게 새록새록 기억될 것이다.

"아버지, 저들을 용서하소서. 저 사람들은 자신이 한 일을 알지 못하나이다."

이제 나는 집으로 돌아가 그의 문 앞에 귀한 걸인으로 서 있으려 한다.

예수의 실체
— 예수를 따르던 사람들 중의 하나인 다윗

그분께서 우리 곁을 떠나실 때까지 나는 그분이 말씀하신 이야기나 비유의 의미를 잘 알지 못했습니다. 그렇습니다. 그분의 말씀이 내 눈앞에 살아 있는 모습으로 나타나고 내 실제 삶에서 진실로 드러나고 나서야 나는 비로소 그 뜻을 알게 되었습니다.

여러분에게 이 얘기를 들려드리지요.

어느 날 밤, 그분의 말씀과 행적을 기록하려고 옛날을 기억하며 생각에 잠겨 있는데 도둑 세 사람이 우리 집에 들어왔습니다. 물론 그들이 내 재물을 훔쳐 갈 거라고 생각하긴 했지만, 내 일에 너무 몰두해 있었기 때문에 칼을 들고 있는 그들과 맞서거나 무슨 짓이냐고 소리를 지르고 싶은 생각이 전혀 들지 않았습니다.

나는 아랑곳하지 않고 우리 주님에 대한 기억을 계속해서 글로 옮겨 적었습니다.

도둑들이 떠나고 나자 주님의 이런 말씀이 떠올랐습니다.

"누가 당신의 외투를 빼앗아 가려 하면 다른 옷까지 내주시오."

그때 나는 깨달았습니다.

내가 그분의 말씀을 기록하고 있을 때는 누구도 내 일을 멈추게 하지 못했습니다. 내 재산을 몽땅 훔쳐 간다고 해도 나는 자리에서 일어나지 않았을 테니까요. 내 재산이나 생명보다 더 귀중한 것들이 있는 곳을 나는 마침내 알게 되었습니다.

예수를 함정에 빠뜨리려던 자들
— 레위라는 제자

해질 무렵, 예수께서 내 집 앞을 지나시게 되자 내 가슴은 무척이나 두근거렸다.

그분은 이렇게 말씀하셨다.

"레위, 나를 따라오너라."

나는 그분의 뒤를 좇았다.

다음 날 저녁, 나는 예수께 우리 집에 오시라고 간청했다. 그래서 그분은 친구들과 함께 내 집에 들러 우리 부부와 아이들에게 축복을 주셨다.

우리 집에는 그분 말고도 다른 손님들이 있었는데, 그들은 관리와 학자였다. 그들은 예수를 마음으로 섬기지 않는 사람들이었다.

모두들 빙 둘러앉았을 때 관리 한 사람이 예수께 물었다.

"당신과 당신 제자들이 법을 어기고 안식일에 불을 피운다는 얘기가 사실입니까?"

그분은 이렇게 답하셨다.

"그렇습니다. 우리는 안식일에 불을 피웠지요. 우린 들고 있던 횃불로 마른 장작에 불을 붙였습니다."

그러자 다른 관리가 물었다.

"당신들은 술집에서 탕아들과 함께 술을 마셨다던데?"

그분은 조금도 주저하지 않고 대답하셨다.

"그야 당연한 일 아닙니까? 그럼 우리가 왕관을 쓰지 않고 맨발로 다니는 사람들과는 빵과 술을 함께 나누지 말아야 한단 말입니까? 날개가 나지도 않았는데 감히 바람 속으로 날아가려 하는 새는 하나도 없습니다. 모든 새는 둥지에서 이미 완전한 날개를 갖추고 나옵니다.

그래서 우리는 둥지 안에 있는 새들에게 부리로 먹이를 물어다 줍니다. 빨리 자라는 새에게나 늦게 자라는 새에게나 골고루 말입니다."

또 다른 관리 하나가 예수께 말했다.

"당신이 예루살렘의 창녀들을 돌봐 주었다는 것이 사실입니까?"

그 순간 예수의 얼굴은 레바논의 바위산같이 엄숙해졌다.

"그렇소. 심판의 날에 그 여인들은 하느님 앞에 올라가 자신들의 눈물로 깨끗이 씻길 것입니다. 그러나 당신들은 당신들의 고집에 묶여 있을 것입니다.

바빌론이 망한 것은 창녀들 때문이 아닙니다. 위선자들이 더 이상 똑바로 태양을 바라보지 못하자 바빌론은 잿더미로 변하고 말았답니다."

그 밖의 다른 관리들도 그분께 질문을 하려 했지만, 나는 눈짓으로 말렸다. 예수께서 그들의 마음을 혼란에 빠뜨릴 것임을 나는 알고 있었기 때문이다. 그들 또한 내 손님이었기 때문에 나는 그들이 낯을 붉히는 것을 원치 않았다.

밤이 깊어지자 그들은 돌아갔다. 그들의 영혼은 상처를 입어 절뚝거렸다. 그날 밤 잠자리에 들었을 때 나는 보았다. 흰옷을 입은 여인 일곱 명이 예수 곁에 둘러서 있는 모습을. 여인들은 손을 가슴에 모으고 고개를 숙인 채였다. 나는 꿈을 헤치고 한 여인의 얼굴을 바라보았다. 그러자 한 줄기 햇살이 어둠을 밝혔다.

그녀는 바로 예루살렘의 창녀였다.

나는 눈을 뜨고 그분을 바라보았다. 그때까지도 그는 방에 머물러 있던 사람들에게 미소를 짓고 계셨다.

나는 다시 눈을 감았다. 그러자 이번에는 흰옷을 입은 일곱 명의 남자가 그분을 눈부시게 에워싸고 있었다. 나는 그들 가운데 한 사람을 보았다.

그는 바로 예수의 오른편에서 십자가에 못 박혔던 강도였다.

얼마 뒤에 예수와 그의 친구들은 내 집을 나서 길을 떠났다.

영혼의 부활
— 30년 후의 막달라 마리아

예수께서는 죽음으로써 죽음을 정복하셨음을 나는 다시 한번 말합니다. 그의 영과 능력으로 무덤에서 일어나 부활하셨습니다. 그리하여 우리 외로움과 갈망의 뜰을 찾아오셨습니다.

그분은 쪼개진 바위틈에 누워 계시지 않습니다.

우리는 그가 우리를 바라보고 계심을 두 눈으로 똑똑히 보았습니다. 그의 말씀대로 우리는 두 손을 뻗어 그를 만졌습니다.

그를 믿지 않는 여러분을 이해합니다. 나도 여러분 가운데 한 사람이었고, 그런 분은 아직도 많습니다. 그러나 그런 사람들은 차츰 줄어들 것입니다.

그 속에서 노래를 찾으려고 하프를 부수어야 하겠습니까. 또 열매가 미처 열리기도 전에 나무를 베어야 옳겠습니까.

여러분은 예수를 미워했습니다. 그는 우리가 다 아는 북쪽 지방에서 왔으면서도 스스로를 하느님의 아들이라고 했기 때문입니다. 그러나 여러분은 또한 서로를 미워합니다. 스스로를 위대하다고 여기고 옆 사람과 나란히 서 있으려 하지 않기 때문이지요.

여러분은 그를 미워합니다. 그가 남자의 도움 없이 처녀의 몸에서 태어났기 때문이라고 말입니다.

그러나 당신들은 알지 못합니다, 대지가 태양과 결혼했다는 사실을. 그리고 그 대지가 우리에게 산과 사막을 보내 주었다는 것도.

그를 사랑하는 사람과 미워하는 사람, 그를 믿는 사람과 믿지 않는 사람, 이들 사이에는 끝 모를 낭떠러지가 가로놓여 있습니다.

그러나 세월이 그 사이에 다리를 놓아 주면 우리 가슴속에서 그가 결코 죽지 않았음을 여러분은 알게 될 것입니다. 그리고 우리가 하느님의 자녀들인 것처럼 그도 하느님의 아들임을, 우리가 어머니인 대지에서 태어났듯이 그가 처녀에게서 태어났음을.

믿지 않는 사람들에게는, 대지가 제 젖을 빨아 먹을 뿌리도 주지 않고, 높이 날아 제 안의 영롱한 이슬을 마시고 목을 축일 수 있는 날개도 주지 않는다는 사실은 별로 놀랄 만한 일이 못 됩니다.

나는 내가 알고 있는 만큼만 안답니다. 그리고 그걸로 충분하다고 생각하지요.

고모에 대한 이야기
— 벳새다의 한나

우리 아버지의 누이, 그러니까 나의 고모는 젊었을 때 집을 떠나 할아버지의 옛 포도원 근처 오두막집에서 혼자 살아왔다.

마을 사람들은 병이 나면 고모를 찾곤 했는데, 그녀는 햇볕에 바짝 말린 풀뿌리나 초록빛 약초 따위로 그들의 병을 고쳐 주곤 했다.

마을 사람들은 고모를 예언자로 여겼다. 그러나 어떤 사람들은 그녀를 마녀라고 부르기도 했다.

어느 날, 아버지가 나를 부르셨다.

"자, 이 빵을 고모에게 갖다 드리고 오렴. 포도주와 건포도도 함께 가져가거라."

나는 망아지 등에 그것들을 싣고 터덜터덜 길을 따라 걸었다. 이윽고 고모가 살고 있는 오두막집에 다다르자 고모는 무척 기뻐하며 나를 반겨 주셨다.

우리는 서늘한 곳에 함께 앉아 있었다. 그때 어떤 사람이 다가와 유쾌한 목소리로 고모에게 말을 건넸다.

"안녕하십니까? 오늘 저녁 편안히 쉬십시오."

그녀는 일어서서 경건한 모습으로 그를 바라보았다.

"예, 안녕하셨어요. 모든 선한 영혼들의 주인이시며 모든 악을 물리치시는 이니!"

그는 부드러운 눈길로 고모를 바라보고는 곧 지나쳐 갔다.

나는 속으로 웃었다. 고모는 제정신이 아닌 듯했다. 하지만 그녀가 미치지 않았다는 사실을 나는 잘 알고 있었다.

비록 겉으로 드러내지는 않았지만 고모도 내가 웃는 뜻을 눈치챈 듯했다.

고모는 조금도 화를 내지 않고 내게 말했다.

"애야, 내 말을 잘 듣고 마음속 깊이 담아 두기 바란다. 하늘을 나는 새 그림자처럼 지금 우리 곁을 스쳐 간 그분이 바로 로마인들과 로마 제국을 물리치실 분이란다. 칼데아의 왕관 쓴 황소와 싸우고, 사람 머리를 가진 이집트의 사자와 맞서 그들을 무릎 꿇게 하실 분이지. 장차 온 세상을 다스리실 분이란다.

그러나 지금 그분이 살고 계신 이 땅은 곧 멸망할 것이니, 언덕 위에 꿋꿋이 서 있는 저 예루살렘도 파멸의 연기 속에 흩어질 거야."

그녀가 말을 마치자 내 웃음은 침묵으로 바뀌었다. 나는 가라앉은 목소리로 물었다.

"그 사람은 대체 누구예요? 어디에서 왔어요? 어떻게 그가 저 용감한 왕들과 제국을 다스릴 수 있게 될까요?"

그녀는 조용히 대답했다.

"그분은 바로 여기서 태어나셨단다.

우리는 태초부터 우리 소망 속에 그분을 품어 왔지. 그분은 모든 민족의 자손이지만 그 어느 민족에도 속해 있지 않단다. 그분은 말씀으로, 그리고 영혼의 불꽃으로써 이 세상을 다스리실 거야."

그녀가 갑자기 벌떡 일어나 외쳤다.

"이렇게 말하는 것을 용서하소서. 그분은 죽임을 당할 것입니다. 그의 젊음은 수의에 싸인 채 대지의 말 없는 심장 곁에 조용히 높게 될 것입니다. 그리고 유대 인 모두가 흐느껴 울 것입니다."

그녀는 두 손을 하늘로 뻗었다.

"그러나 그분은 오직 육신의 죽임을 당할 뿐입니다.

영혼 속에서 그분은 부활하여 해가 솟는 이곳에서 해가 지는 땅으로 그의 백성들을 이끌 것입니다.

그분의 이름은 그 어떤 사람보다도 가장 앞에 놓일 것입니다."

고모는 마치 늙은 예언자 같았다. 그에 비해 나는 그저 어린 여자애, 아무도 발을 내딛지 않은 들판, 전혀 다듬어지지 않은 바윗덩어리나 다름없었다.

그러나 그녀가 예언한 일들은 내 삶이 채 끝나기도 전에 일어났다.

나사렛 예수가 죽음에서 일어나 그의 백성들을 이끌고 해 지는 곳으로 갔던 것이다. 그에게 죽음을 선고했던 도시는 파멸을 피하지 못했고, 그를 심문했던 재판소는 무너져 내려 그 대리석 위에 밤이슬이 내리는 동안 부엉이는 만가를 불렀다.

세월이 흘러 이젠 나도 허리 굽은 할머니가 되었다. 내가 알던 자들은 다 사라졌고, 내 삶에서 어떠한 만족도 찾아볼 수 없게 되었다.

나는 옛날 고모와 함께 있었던 그날 이후로 딱 한 번 그의 모습을 보고 그의 목소리를 들었다. 그가 친구들과 제자들에게 이야기를 들려주고 있던 언덕에서였다.

비록 나는 외로운 늙은이지만 아직도 그는 꿈속에서 나를 찾아오곤 한다.

그는 날개 달린 흰 천사처럼 다가와 어둠 속에서 두려움에 떠는 나를 달래고, 나를 일으켜 저 먼 나라로 이끌어 간다.

그곳에선 나는 아직 아무도 발을 내딛지 않은 들판이며, 아직 떨어지지 않고 가지에 매달려 있는 잘 익은 과일이다.

내가 가진 것 가운데 가장 소중한 것은 저 따사로운 햇살과 그에 대한 기억들이다.

고모가 예언했듯이 그 누구도 왕이나 예언자, 혹은 제사장으로 다시 태어나지 않는다는 것을 나는 잘 안다.

흐르는 강물을 따라 우리는 덧없이 사라질 것이다. 하지만 그 강물 가운데서 그를 만났던 사람들은 영원히 잊히지 않을 것이다.

옛날의 신과 새로운 신
— 다마스쿠스에 있는 어느 페르시아 철학자

예수라는 사나이의 운명이나 그 제자들에게 앞으로 닥칠 일에 대해 나는 뭐라고 얘기할 수가 없다.

사과 속에 들어 있는 씨 하나가 커다란 과수원이 될 수도 있다. 그러나 그 씨가 바위 위에 떨어지면 아무짝에도 쓸모가 없어지고 만다.

그러나 이 얘기만은 해야겠다. 오래전부터 내려오는 이스라엘의 하느님은 엄격하고 무자비한 신이다. 이스라엘에겐 좀 다른 신이 필요하다. 좀 더 온화하고 용서를 잘해 주며 동정심을 가지고 자기 백성을 돌보는 신, 언제나 재판관석에 앉아 자기 백성의 흠과 오류만을 이리저리 까발리는 신이 아니라 그들에게 따뜻한 햇살을 보내 주고 어려운 일이 있을 때 함께 있어 주는 신이 필요한 것이다.

이스라엘은 그 마음이 질투로 가득 차 있지 않은 신, 자기 백성의 잘못을 곧잘 잊어버리는 신, 3대 4대 자손에게까지 복수하려 하지 않는 신이 참으로 필요하다.

이곳 시리아 사람들도 다른 지역 사람들과 똑같다. 그들도 자기가 이해할 수 있는 한도 내에서 자신의 신을 발견하려 한다. 그들도 자신의 모습을 닮은 신들을 만들어 내고자 하며, 자기 자신의 이미지가 반영된 신을 숭배하려 한다. 사실 사람들은 자신의 깊은 소망에다 대고 기도하는 것이나 마찬가지다. 욕구가 충족되기를 간절히 비는 것이다.

인간의 마음보다 더 심오한 것은 없다. 마음은 바로 그 스스로를 불러낸다. 그러므로 인간에게 들려오는 음성은 다른 곳에서 오는 것이 아니라 바로 내면에서 들려오는 것이다.

우리 페르시아 인마저도 태양 속에서 우리의 얼굴을 발견하며, 제단 위에 피워 놓은 불길 속에서 춤추는 우리의 몸을 보려 한다.

예수가 아버지라 부르는 그의 하느님은 예수의 백성들에겐 전혀 낯선 존재가 아니며, 그 하느님은 그들의 소원을 이뤄 주곤 했다.

이집트의 신들은 무거운 짐들을 벗어던지고 누비아 사막으로 도망쳐, 미개인들 속에서 마음껏 자유를 누리고 있다.

그리스와 로마의 신들은 황혼 속으로 사라져 버렸다. 그들은 인간의 숭배를 받기에는 너무나 인간을 닮아 있었다. 그 신들의 주술로 이루어졌던 숲의 나무들은 아테네와 알렉산드리아 사람들의 손에 의해 다 잘려 버렸다.

그리고 이 나라에서도 역시 베이루트의 율사들과 안티오크의 젊은 은둔자들이 그 성스러운 영역을 땅으로 끌어내렸다.

이젠 노파와 병자만이 자기 선조들이 지어 놓은 사원을 찾는다. 막다른 골목에 다다른, 지칠 대로 지쳐 있는 사람들만이 그

길이 시작되는 곳을 찾으려 하는 법이다.

이 나사렛 사람 예수는 어떤 인간과도 닮지 않은 엄청난 하느님을 우리에게 이야기했다. 그 하느님은 인간에게 벌을 내리기엔 너무도 이해심이 많고, 인간의 죄를 기억하기엔 너무 사랑이 넘치는 신이다. 그리고 이 하느님은 지상에 사는 자녀들의 문턱을 넘어서 난롯가에 앉을 신이며, 그 집안에서 인간에게 축복을 내리고 인간의 길을 밝혀 줄 신이다.

그러나 내가 믿는 신은 조로아스터교(배화교)의 신이다. 그는 하늘의 태양이며 지상의 불이며 인간 가슴속의 빛이다. 나는 그 신에게 만족한다. 다른 신은 필요 없다.

의심 많았던 조사득
— 도마

변호사였던 할아버지는 옛날에 이런 말씀을 하시곤 했다.

"우리는 진리가 명백히 드러났을 때만 그것을 따라야 한다."

예수께서 나를 부르셨을 때 나는 무척 조심스러운 기분이었다. 그의 말씀은 내 의지보다 훨씬 강했기 때문이다. 하지만 나도 나름대로 생각한 것이 있었다.

그가 말씀하시면 사람들은 바람에 이끌리는 나뭇가지처럼 그에게로 쏠렸지만, 나는 냉정하게 귀를 기울였다.

하지만 나는 그를 무척 사랑했다.

3년 전 그가 우리 곁을 떠나셨을 때, 이리저리 흩어졌던 무리들은 그분의 이름을 전하는 증인이 되었다.

그 당시에 나는 '의심 많은 도마'라고 불렸다. 언제나 할아버지의 그림자가 내게 드리워져 있어, 나는 진리가 밝게 드러나기 전에는 어떤 것이든 결코 받아들일 수 없었다.

상처가 나면 나는 내 상처에 직접 손을 대고서 피가 손에 묻어 나오는 걸 확인한 뒤에야 비로소 아픔을 인정했다.

사랑하면서도 의심을 품는 자는 주인이 채찍을 휘둘러 깨울 때까지 노를 저으며 졸고 있는, 그러면서 자유를 꿈꾸고 있는 노예선의 노예와 다를 바가 없다.

나도 그런 노예였다. 나는 자유를 꿈꿨지만 할아버지의 그림자가 나를 짓누르고 있었다. 내 육신에는 내 시대의 채찍이 필요했다.

나사렛 예수가 나타나셨을 때도 나는 눈을 꼭 감고, 사슬로 묶여 있는 내 두 손을 보지 않으려 했다.

의심이란, 믿음이 자기 형제임을 알지 못할 정도로 극심하게 외로운 고통이다.

의심이란 버려져 길에서 헤매는 아이와 같다. 그를 낳은 어머니가 다시 찾아와 안으려 해도 아이는 두려움과 경계심으로 그 손길을 뿌리친다.

의심은 그 상처가 완전히 나을 때까지는 진실을 알려 하지 않기 때문이다.

나는 예수께서 내게 확신을 주실 때까지 그를 믿지 못했다.

그래서 나는 내 손으로 그의 상처를 만져 보기까지 했다.

그 뒤로 나는 내 과거를 버렸다. 내 조상들의 과거마저도 모두 버렸다.

내 안에서 죽은 내가 그들을 장사 지냈다. 살아 있는 나는 기름 부음을 받은 왕, 사람의 아들인 그분을 위해 영원히 살 것이다.

어제 사람들은 내게 페르시아 인과 힌두 인에게로 가서 그의 말씀을 전하라고 말했다.

나는 가리라. 오늘부터 내 삶이 다하는 그날까지. 새벽부터 해 질 녘까지. 나는 우리 주님께서 부활하심을 보고, 또 그의 말씀을 들을 것이다.

예수의 설교와 몸짓
— 예루살렘의 법률가 므낫세

나는 그가 얘기하는 걸 자주 들을 수 있었다. 그의 입술은 언제나 무슨 말인가가 준비되어 있었다.

나는 그를 스승으로서보다 한 인간으로서 존경했다. 그의 설교는 내가 그를 따르는 것 이상으로 내 이성을 뛰어넘는 것이었다. 나는 그 외에는 다른 그 누구의 설교도 들으려 하지 않았다.

나는 그의 설교 내용이 아니라 그의 목소리와 몸짓에 이끌렸다. 그는 나를 매혹시켰지만 설득시키지는 못 했다. 그의 설교는 너무나 막연했고 너무 먼 곳에 있었다.

그와 비슷한 사람들을 나는 알고 있다. 그들은 확고한 것이 없었고 말과 행동이 일치하지 않았다. 그들이 우리의 관심을 끈 까닭은 말의 이치가 아니라 그 웅변적인 힘이었다. 그러나 그것들은 스쳐 지나가는 생각을 붙잡을 뿐, 결코 우리 마음 한복판을 꿰뚫지는 못 했다.

예수와 부딪치는 적들은 그를 비난하고 탄압했다. 하지만 이는 전혀 쓸모없는 짓이다. 그들의 증오가 오히려 그를 더 강하게 해 주었을 뿐이다.

짓밟힐수록 강해진다는 것이, 발목이 묶이면 오히려 날개가 생긴다는 것이 놀랍지 않은가.

나는 그의 적들에 대해서는 잘 모른다. 그러나 그들이 누구에게도 해를 끼치지 않는 사람에게 겁을 먹은 까닭에, 오히려 그에

게 힘을 주어 그를 위험인물로 만들었다고 나는 확신하고 있다.

참지 못하는 예수
— 야무니의 비르바라

 겨울이 봄을 기다리듯 예수께서는 무지하고 게으른 자들 속에서도 잘 견뎌 내셨다. 거센 바람을 온몸으로 받아 내는 산처럼.
 그를 비난하는 사람들의 거친 소리를 그는 부드럽게 받아들였다.
 갖은 트집과 험담에도 그는 대꾸하지 않았다. 강한 사람만이 이겨 낼 수 있는 것이기에.
 그러나 예수께서는 언제나 온순하고 묵묵히 앉아 있기만 하는 분은 아니었다.
 위선자를 용서하지 못했고, 사기꾼과 교활한 자에게는 굴복하지 않았다.
 그는 누구에게도 결코 다스림을 받지 않았다. 어둠 속에 머물러 있다고 해서 빛을 믿지 못하는 사람들을 그는 참지 못했다. 자기 마음속에서 찾지 않고 하늘로만 눈길로 돌리는 이들도 마찬가지였다.

새벽이나 황혼 어스름에 자신의 꿈을 맡기지 않고 밤과 낮을 뚜렷하게 구분 지어 판단하려는 자들에 대해서도 그는 참지 못했다.

예수는 참을성이 많은 분이었다.

반면에 누구보다도 가장 참지 못하는 사람이기도 했다.

베틀 앞에서 허송세월하는 사람이 있다면 예수께서는 당장 천을 짜라고 다그치실 것이다.

하지만 그는 한 치의 옷감이라도 찢어 버리지 못하게 하실 것이다.

순진한 사람을 현혹시키는 예수
— 대제사장 가야바

예수라는 사나이와 그의 죽음에 대해 말하려면 우리는 우선 두 가지 특징적인 사실을 고려해야 한다. 우리는 반드시 모세의 율법을 지켜야 한다는 것과 이 나라는 로마의 보호를 받을 필요가 있다는 것이다.

그런데 예수라는 사람은 우리와 로마에 반기를 들었다. 그는 순진한 백성들을 현혹시키고 그들에게 마술을 걸어 우리와 카이사르에게 대항하라고 선동했다.

남자 여자를 가릴 것 없이 내 노예들까지도 장터에서 그의 설교를 들은 뒤로는 심술궂고 반항적인 종으로 바뀌었다. 노예 몇몇은 아예 내 집에서 나가 그들이 끌려왔던 사막으로 다시 도망쳐 버렸다.

모세의 율법만이 우리의 토대이며 힘의 원천이라는 사실을 잊어서는 안 된다. 우리가 이 힘을 가지고 있는 한 누구도 우리를 해치지 못할 것이며, 다윗 왕이 놓은 머릿돌 위에 예루살렘 성벽이 서 있는 한 누구도 예루살렘을 함락시키지 못할 것이다.

아브라함이 뿌린 씨앗이 자라나고 번성하는 이 땅은 순결을 보존해야 한다.

그런데 예수라는 자는 이 땅을 타락시키는 존재였다. 우리는 깊이 생각한 끝에 순수한 양심으로 그를 죽였다. 이와 같이 우리는 모세의 율법을 우습게 만들거나 우리의 거룩한 유산을 더럽히려는 자들을 모두 사형에 처할 것이다.

우리와 로마 총독 본디오 빌라도는 예수가 왜 위험한 존재인가를 알고 있었다. 그를 죽여 없앤 것은 참으로 현명한 처사였다.

예수의 추종자들도 역시 똑같은 최후를 맞이할 것이며, 그가 한 말들의 메아리는 침묵 속에 잠들 것이다.

반역하려는 자들을 모두 살려 둔다면 유데아는 멸망할 것이다. 그리고 그런 일이 생기기 전에, 나는 예언자 사무엘이 그렇게 했듯이 머리에 재를 뒤집어쓰고 제사장의 옷을 찢어 버리고 나서 죽을 때까지 삼베옷을 입고 지닐 것이다.

비굴하지 않은 예수
― 나타니엘

사람들은 나사렛 예수가 비굴하고 자존심이 없는 사람이었다고 말한다.

정의가 넘치고 심지가 곧은 사람이긴 했지만 예수는 나약했고, 힘센 사람과 권력자 앞에서는 쩔쩔매는 일이 많았다고들 한다. 또 사람들은 그가 높은 시람들 앞에 서면 마치 사자 틈에 섞인 양 같았다고도 말한다.

그러나 예수는 인간을 초월하는 권위를 가지고 계셨다고 나는 생각한다. 그분은 자신의 능력을 알고 있었고, 갈릴리의 산 위에서, 그리고 유데아와 페니키아의 여러 도시에서 그 권위를 널리 선포하셨다.

예수가 약하고 비굴한 사람이었다면 어떻게 "나는 생명이며, 진리에 이르는 길이다."라는 말을 할 수 있었겠는가.

또 자존심 없이 자신을 낮추는 사람이었다면 어떻게 "나는 아버지 하느님 속에 자리하며, 아버지 하느님께서도 내 안에 자리하신다."라고 말할 수 있었겠는가?

그리고 자신의 힘을 염두에 두지 않고서야 어떻게 감히 "나를 믿지 않는 사람은 영원한 생명을 믿지 않는 것이다."라고 단언할 수 있었겠는가?

또 미래에 대한 확신이 없는 사람이었다면 어떻게 "세상은 사라지고 재가 되어도 내 말은 결코 사라지지 않는다."라고 자신 있게 말할 수 있었겠는가?

그가 자신을 믿지 못했다면 그를 당황하게 만들려는 사람들이 간음한 여인을 데려왔을 때 어떻게 "죄 없는 자가 있으면 이 여인을 돌로 쳐라."라고 말할 수 있었겠는가?

입장이 곤란해서 적당한 말로 얼버무리려 했다면 어떻게 "이 성전을 허물고 사흘 안에 다시 지을 수 있다."라는 호언장담을 몇 번씩이나 할 수 있었겠는가?

그가 겁쟁이라면 권력자들의 면전에서 어떻게 그들을 손가락질하며 "이 비열하고 더러운, 타락할 대로 타락한 거짓말쟁이들아!"라고 외칠 수 있었겠는가?

유데아의 통치자들에게 이런 말을 거침없이 할 만큼 대담한 사람을 과연 자존심이 없고 비굴하다고 할 수 있겠는가?

아니다, 그렇지 않다. 독수리는 자기 둥지를 버드나무에다 짓지 않는다. 그리고 사자는 이끼 낀 곳에 자기 굴을 만들지 않는다.

소심한 자들이 "예수는 자존심이 없고 비굴한 사람이었다."라고 말했을 때 나의 속은 뒤집힐 지경이었다. 그렇게 말하면서 그들은 스스로 나약함을 정당화하려 했다는 생각이 든다. 억압받고 짓밟힌 사람들이 스스로 위안받고 동료 의식을 느끼기 위해서 예수를 한 마리 벌레처럼 미미한 존재로 만들 수도 있다.

어쨌든 나는 이런 부류의 인간들에게 화가 치밀어 견딜 수가 없다. 내가 알고자 하는 그분은 태산 같은 영혼의 소유자이며, 결코 정복되지 않는 존재이기 때문이다.

훌륭한 의사인 예수
— 그리스의 약제사 필레몬

나사렛 예수는 훌륭한 의사였다. 우리의 몸을 그만큼 잘 알고 있는 사람은 아무도 없었다.

그는 그리스 인이나 이집트 인에게는 아직 알려지지 않은 병으로 고통을 받던 모든 사람을 고쳐 주었다. 사람들은 예수는 죽은 사람도 살린다고 했다. 그 말이 사실이든 사실이 아니든, 그런 소문은 곧 그의 능력을 입증하는 것이었다. 그는 누구도 해낸 적이 없었던 놀라운 일들을 해냈다.

사람들은 예수가 인도의 갠지스 강과 인더스 강 사이에 있는 마을에 찾아가 그곳 제사장들에게서 우리 몸에 숨겨진 모든 비밀을 배워 왔다고 한다.

그러나 그런 지식은 제사장들에게서 얻어 온 것이 아니고 신들이 그에게 직접 가르쳐 주었으리라 생각된다. 그 오랜 세월 동안 누구에게도 알려지지 않은 채 감춰져 있던 것이 어느 순간에 단 한 사람에게 나타난 것이다. 지혜의 신 아폴로가 손을 한 번 얹으면 흐릿한 것도 밝게 보이지 않았던가.

닫혀 있던 여러 개의 문이 티르 인과 테베 인에게 열렸듯이, 이 사나이에게도 어떤 문들이 열린 것이다. 그는 영혼의 사원으로 들어섰다. 그 사원이 바로 인간의 몸이다. 즉, 그는 우리의 원기를 떨어뜨리는 나쁜 영혼과 좋은 것을 생산해 내는 훌륭한 영혼을 알아볼 수 있는 것이다.

내 생각으로는 그가 병자들을 고치는 것은 저항력을 이용하는 방법인 듯한데, 어쨌든 우리 철학자에게는 알려지지 않았던 새로운 방법이다. 그의 손이 눈송이처럼 가볍게 병자에게 닿기만 하면 열이 내렸다. 그리고 그가 뻣뻣해진 팔다리를 만져 주면 굳은 관절은 그의 힘에 이끌려 부드럽게 풀어졌다.

그는 주름진 나무껍질 속에 있는 수액을 빼내는 법을 알고 있었다. 그러나 그가 어떻게 그 수액을 손에 넣는지 나는 모른다. 또 그는 녹슨 쇠 속에는 깨끗한 쇠가 들어 있다는 걸 알았다. 그러나 그가 어떻게 그 녹을 없애고 칼을 빛나게 만드는지는 누구도 이해할 수가 없었다.

그는 태양 아래 자라나는 생명을 가진 모든 것이 고통으로 신음하는 소리를 알아들으며, 자기 지식으로뿐만 아니라 생물 모두에게 스스로의 힘을 느끼게 함으로써 그들을 도와주고 있다고 때때로 느꼈다.

그러나 그는 결코 자기 자신을 의사라고 생각하진 않았다. 그보다는 이 나라의 종교와 정치에 관해서 훨씬 관심이 많았다. 이 섬에 대해서는 유감이다. 우리가 무엇보다도 소중히 여겨야 할 것은 바로 우리의 건강이기 때문이다.

그러나 이곳 시리아 사람들은 자신이 병들어 의사를 찾아가도 약이나 치료보다는 의사와 토론을 하고 싶어 했다.

그러니 참으로 딱한 일은 이곳에서 가장 훌륭한 의사인 나사렛 예수가 장터의 즉흥 연설가가 되려 한다는 점이다.

기원의 노래

— 대제사장 푸미아가 다른 제사장들에게

하프를 울려 내 노래에 맞춰 다오,
금과 은으로 만든 하프 줄을 튕겨 다오,
나는 용감한 그 사내를 노래하리니.
그는 골짜기의 용을 쓰러뜨리고
자기가 죽인 그 용에게
연민의 눈길을 보낸다네.

하프를 울리며 나와 함께 노래하자.
높이 솟은 저 참나무,
하늘 같은 마음과 바다 같은 손길을 가진 그이,
한때는 죽음의 창백한 입술에 입 맞추고
이제는 삶의 숨결을 뿜어내고 있으니.
하프를 울려 우리 노래에 맞춰 다오.
언덕 위의 저 용감한 사냥꾼,
짐승에게 화살을 날려
뿔과 어금니를 뽑아 들고
세상으로 내려왔다네.

하프를 울리며 나와 함께 노래하자.
그 용감한 젊은이, 산 위 도시들을 정복하고
모래 위에 똬리 튼 뱀 같은 평원의 도시들도 정복했네.
그는 싸웠네, 난쟁이가 아니라 신들과.
우리 삶에 굶주리고 우리 피에 목마른 그 신들과.

가장 뛰어난 황금 매처럼
그는 오직 독수리들하고만 겨루었다네.
그의 날개는 거대하고 튼튼했지만
결코 약한 새들과는 싸우지 않았다네.

하프를 울리며 나와 함께 노래하게,
저 깊은 바다와 절벽의 즐거운 노래를.
신들은 죽어 고요히 누워 있네,
잊힌 바다의 잊힌 섬 위에.
그리고 신들을 죽인 그가 옥좌에 앉아 있네.
그는 아직 젊은이,
봄은 그에게 턱수염을 길러 주지 못했고
여름이 그의 뜰에 닿으려면 아직 멀었다네.

하프를 울리며 나와 함께 노래하자.
숲에서 일어난 비바람,
마른 가지와 어린 줄기를 부러뜨리네.
하지만 대지의 가슴 깊숙한 곳에선 뿌리들 튼튼히 자라고 있네.

하프를 울리며 나와 함께 노래하자,
우리 사랑하는 이들의 두려움 없는 노래를.
손을 잠시 멈추자, 아가씨들이여.
그대들의 손을 하프 옆에 쉬게 하라.
이젠 그를 노래할 수가 없으니
우리 노래의 속삭임 너무 약하여
그의 비바람을 뚫고 지나가지 못하며
그의 엄숙한 침묵도 뚫고 들어갈 수 없네.

하프를 내려놓고 내 곁으로 가까이 오라,
그의 말씀을 되풀이해 들려주리니.
그리고 그가 하신 일들도 함께.
그의 목소리의 메아리는 우리의 열정보다 깊이 울리니.

창녀들

— 안드레

죽음이 아무리 고통스럽다 해도 그분 없는 삶보다는 덜 고통스럽다. 그가 침묵을 지키면 세상 또한 고요하다. 내 기억 속에는 그분의 말씀이 항상 떠나지 않고 있다. 언젠가 그분은 이렇게 말씀하였다.

"그대들이 갈망하던 들판으로 가라. 그리고 부드러운 햇살 속에서 콧노래를 부르는 백합꽃 곁에 앉아 보라. 그 꽃들은 자신이 걸칠 옷을 짜지도 않고 몸을 쉴 집을 짓지도 않는다. 단지 노래를 할 뿐이다.

밤에도 일하시는 그분은 그들이 필요한 것을 채워 주시며, 그분의 아름다운 이슬은 그 꽃잎들 위에 구슬처럼 맺힌다.

그대들은 결코 쉬지 않는 그분의 배려 속에 살고 있지 않은가."

또 그분은 이렇게도 말씀하셨다.

"그대들의 머리카락을 한 올 한 올 헤아리는 것처럼, 하느님은 저 무수한 하늘의 새 하나하나도 다 헤아려 기록해 두신다.

어떤 새 한 마리도 그분의 뜻이 아니고는 새 잡이의 발밑으로 떨어지지 않고, 그대들의 머리카락 한 올도 그분의 뜻이 아니고는 세월에 실려 빠지거나 희게 변하지 않는다.

나는 그대들이 마음속으로 이렇게 말하는 걸 들었다.

'우리 하느님께서는 태초에 그를 알지 못했던 사람들보다는 아브라함의 자손인 우리에게 훨씬 자비로우시겠지'라고.

그러나 어떤 포도밭 주인이 아침에 어떤 사람을 불러 일을 시키고 해 질 녘에 또 다른 사람을 불러 일을 시키고는, 나중에 온 사람에게도 앞사람과 똑같이 품삯을 주었다고 하자. 그렇다고 해서 우리는 그 주인이 부당하다고 말할 수 있는가? 그는 자기 돈주머니에서 자기 뜻에 따라 돈을 준 것이기 때문에 그렇게 말할 수 없다.

아버지께서는 그대들이 문을 두드릴 때와 마찬가지로 이방인들이 문을 두드릴 때도 문을 열어 주신다. 그분께서는 귀에 들려오는 새로운 소리에 대해서도 늘 듣는 노래와 마찬가지로 똑같은 사랑을 보여 주신다. 그리고 그 새로운 소리를 내는 이들은 아직 순수하고 어리기 때문에 줄은 어리기 때문에 또한 그분에게서 특별한 환영을 받는다."

또 그분은 이런 말씀도 하셨다.

"도둑질을 하는 사람은 대개 가난한 사람이며, 거짓말을 일삼는 사람은 두려움에 빠진 사람이다. 그대들의 어둠을 지키는 자에게 쫓김을 당하는 사냥꾼은 제 자신의 어둠을 지키는 자에게도 쫓김을 당하는 사람이다.

나는 여러분이 그들에게 자비를 베풀어야 한다고 말한다.

그들이 그대의 집을 엿볼 때, 그대는 문을 활짝 열고 그들을 맞아들여야 한다. 그대가 그들을 받아들이지 않는다면 그대 또한 그들이 저지른 죄에서 결코 자유롭지 못할 것이다."

어느 날 나는 그분을 따라 예루살렘 장터로 갔고, 많은 사람이 그분의 뒤를 따랐다. 그분은 우리에게 돌아온 탕아의 비유를 들려주었고, 진주 한 알을 사기 위해 자신의 모든 재산을 없애 버린 상인 이야기도 들려주었다.

그때 바리새인들이 군중을 뚫고 한 여인을 예수께 끌고 왔다. 그들은 예수께 말했다.

"이 여자는 신성한 결혼의 서약을 깨뜨리고 간음을 했소."

그분은 여인의 머리에 손을 얹고 그녀의 눈을 깊숙이 들여다 보았다.

그러고는 다시 여인을 데려온 바리새인들을 한동안 바라보았다. 그러더니 곧 몸을 굽혀 손가락으로 땅에 무엇인가를 쓰기 시작했다.

그는 사람들의 이름을 적고, 그 곁에 그 사람들이 저질렀던 죄를 적었다.

그러자 바리새인들은 낯을 붉히며 모두 사라져 버렸다.

그 여인과 우리만이 예수 앞에 남아 있었다.

그는 다시 그녀를 보며 말씀하셨다.

"당신의 사랑은 너무 지나치고, 당신을 데려온 그 사람들의 사랑은 너무 부족합니다. 그들은 나를 함정에 빠뜨리려고 당신을 여기 데려왔지요.

이젠 모든 것이 평화롭습니다.

이곳에 있는 사람들 중 어느 누구도 당신을 심판할 수 없습니다. 당신이 사랑을 하면서도 지혜롭기를 원한다면 나를 찾으십시오. 사람의 아들은 당신을 심판하지 않을 것입니다."

나는 그분의 말씀을 듣고 의아하게 생각했다. 그럼 그 자신은 아무런 죄도 없단 말인가.

그날 이후로 나는 깊은 사색에 잠겼으며, 결국 깨끗한 영혼만이 욕망의 죄를 용서할 수 있다는 것을 깨닫게 되었다. 바르게 걷는 사람만이 비틀거리는 사람을 부축해 줄 수 있듯이.

다시 한 번 되풀이하지만 죽음이 아무리 고통스럽다 해도 그분 없이 사는 삶보다는 덜 고통스러울 것이다.

온 세상의 나라들

— 세베대의 아들 야고보

어느 해 봄날, 예수께서는 예루살렘 장터에서 사람들에게 하늘나라에 대한 말씀을 하셨다.

그리고 예수께서는 율법학자와 바리새파를 하늘나라로 향하는 사람들에게 길게 덫을 놓고 함정을 파는 자들이라고 비난하면서 질책하셨다.

그때 군중 속에는 바리새파와 율법학자를 옹호하는 사람들이 섞여 있었다. 그래서 그들은 예수와 우리까지 잡으려고 손을 뻗쳤다.

그러나 예수께서는 그들을 피해 돌아 나오셔서 예루살렘의 북쪽 문을 향해 걸어가셨다.

그리고 우리에게 말씀하셨다.

"나의 때는 아직 오직 않았다. 세상을 위해 내 몸을 바치기 전에 너희에게 더 들려주어야 할 이야기도 많고 해야 할 일도 아직 많다."

그는 다시 기쁨과 웃음이 가득 담긴 목소리로 말씀하셨다.

"우리 함께 북쪽 땅으로 가서 봄을 맞이하자. 자, 나와 같이 언덕에 올라가자. 겨울은 가고, 레바논에 쌓였던 눈이 시냇물과 함께 노래 부르며 골짜기로 녹아내리지 않는가.

들판과 포도밭은 잠을 깨어 일어나 푸른 무화과와 달콤한 포도송이들을 태양과 눈 맞추게 하는구나."

그는 항상 앞에 서서 걸어가셨고, 우리는 그날도 그리고 다음 날도 계속해서 그를 뒤따랐다.

사흘째 되던 날 오후에 우리는 헤르모난 산 꼭대기에 다다랐고, 그는 산 아래 도시들을 굽어보며 거기 서 계셨다.

그때 그의 얼굴은 금빛으로 빛났고, 그는 두 팔을 벌리며 우리에게 이르셨다.

"푸른 옷을 입은 저 대지를 보라. 그리고 은빛의 시냇물이 그 옷의 가장자리를 어떻게 꾸며주고 있는가를.

대지는 참으로 아름답다. 그리고 그 위에 있는 모든 것도 아름답구나.

그러나 너희가 바라보는 이 모든 것 위에 한 나라가 있고, 그곳은 내가 다스리게 될 것이다. 그러므로 너희가 택한다면, 그리고 너희가 진심으로 원한다면 너희도 그 나라에 들어가 나와 함께 다스리게 되리라.

나나 너희 누구든지 얼굴에 가면을 써선 안 된다. 또한 우리는 손에 칼이나 왕홀을 잡아서도 안 된다. 그리하면 우리 백성들은 평화로운 가운데 우리를 사랑할 것이며, 우리를 두려워하지 않을 것이다."

예수께서는 이렇게 말씀하시고 나서 내가 모르는 지상의 모든 왕국, 그리고 성벽과 망루가 있는 도시들에 대해 가르쳐 주셨다. 그러자 내 마음은 스승을 따라 벌써 그의 나라에 가 있었다.

바로 그 순간, 이스가리옷 유다가 앞으로 나섰다. 그는 예수께 바짝 다가서서 이렇게 속삭였다.

"보십시오, 이 세상의 왕국들이 얼마나 거대합니까! 그리고 로마 인이 세운 도시보다도 다윗과 솔로몬이 세운 도시들이 더욱 훌륭하지 않습니까? 스승께서 유대 인의 왕이 되신다면 저희는 칼과 방패를 들고 지켜 서서 모든 이방인을 물리칠 것입니다."

그러나 예수께서는 이 말을 듣자마자 분노에 가득 찬 얼굴로 유다를 돌아보았다. 예수의 음성은 천둥처럼 울려 퍼졌다.

"사탄이여, 물러가라. 너는 내가 북적대는 이 세상을 그저 잠시 동안 다스리려고 내려온 줄 아느냐?

나의 왕관은 너희의 눈에 보이는 그런 왕관이 아니다. 자기 날개로 온 세상을 감쌀 수 있는 사람이 어찌 버려지고 잊힌 새 둥지에서 쉴 곳을 구하겠느냐?

산 사람이 수의를 입은 시체한테 칭송을 받아야 하겠느냐?

나의 왕국은 이 땅에 있지 않고, 내 옥좌는 너희 조상들의 해골 위에 세워진 것이 아니다.

만일 너희가 정신의 나라가 아닌, 죽은 혼들의 왕국을 구하려 한다면 지금 내게서 떠나가는 편이 좋을 것이다. 그리고 너희의 무덤으로 내려가라. 그곳에서는 옛날에 왕관을 쓰고 있던 자들이 궁정을 차려 놓고, 지금도 너희 조상들의 해골에게 관직을 하사하고 있을 것이다.

일곱 개 별로 치장된 관을 얹어야 할 내 머리에 너희는 감히 허섭스레기로 만든 왕관을 씌우려 하느냐? 아니면 가시 면류관을?

어느 잊어 버려진 종족이 꾼 꿈만 아니었다면 나는 쨍쨍 내리쬐는 너희의 태양 때문에 고통을 받지도 않았을 것이고, 내 그림자를 너희의 길 위로 던져 주는 달 때문에 괴로움을 겪지도 않았으리라.

한 어머니의 간절한 소망이 없었더라면 나는 강보에서 빠져 나와 우주로 되돌아갈 수도 있었을 것이다.

그리고 너희 모두가 가진 슬픔만 없었더라면 나는 여기 남아 채찍질을 견뎌 낼 필요도 없을 것이다.

유다 이스가리옷, 넌 누구냐? 그리고 넌 도대체 뭐냐? 너는 왜 나를 유혹하는 것이냐?

너희는 나를 저울질해 보고는, 내가 너희를 난쟁이 족속이 사는 곳으로 이끌고 갈 사람이라고 생각한 것이냐? 그리고 나를, 너희의 증오 속에 진을 치고서 너희의 공포 속으로 진군해 가는 적을 향해 형체도 없는 전차를 몰아갈 대장으로 아는 것이냐?

내 발밑으로 기어 다니는 벌레들이 너무 많지만, 나는 그 벌레들과 싸우고 싶지 않다. 나는 이제 비웃음에도 지쳤고, 내가 그들의 성벽과 망루 사이에 서서 조금도 움직이려 들지 않는다고 해서 나를 겁쟁이로 아는 그 벌레들을 동정하는 것에도 지쳤다.

동정은 어디까지나 내가 필요해서 하는 일이다. 거인들이 살고 있는 더 커다란 세상으로 걸음을 옮길 수도 있겠지. 하지만 내가 어떻게 그럴 수가 있단 말이냐.

너희의 제사장과 너희의 황제가 내 목숨을 원하고 있다. 내가 떠나 버리면 그들은 더욱 만족스럽겠지. 하지만 나는 내 길을 바꾸고 싶지 않다. 또 바보들을 다스리고 싶지도 않고.

무지로 하여금 무지를 낳게 하라, 낳고 또 낳아서 제가 낳아 놓은 것에 스스로 질릴 때까지.

장님이 장님을 인도해서 깊은 수렁에 빠진 때까지 내버려 두어라.

죽은 사람이 죽은 사람을 묻게 하라, 이 땅이 그 쓰디쓴 열매로 질식할 때까지.

내 나라는 이 지상의 것이 아니다. 나의 왕국은 너희 둘 또는 셋이 사랑 안에서 만날 때, 바로 거기에서 이루어진다. 그리고 삶의 아름다움에 감탄하는 순간과 따뜻한 위로 속에서, 또 나를 기억하는 가운데서 이루어질 것이다."

말씀을 마치고 예수께서는 갑자기 유다를 돌아보셨다.

"가라. 너의 왕국들은 결코 내 나라 안에 있지 않으리라."

그러는 동안 황혼이 찾아왔다. 그러자 예수께서는 말씀하셨다.

"내려가자. 밤이 곧 우리에게 내린다. 빛이 아직 우리와 함께 있을 동안 빛 속에서 걸어가자."

그는 언덕을 내려가셨고, 우리는 그의 뒤를 따랐다. 유다는 멀찌감치 떨어져서 걸어왔다.

우리가 산 아래로 내려왔을 때는 벌써 밤이 되었다.

그래서 디오파네스의 아들 도마는 예수께 말씀드렸다.

"선생님, 날이 어두워져서 이젠 길을 찾을 수가 없습니다. 선생님께서 괜찮으시다면 저희를 데리고 건너편 마을로 가셨으면 합니다. 그곳에서 먹을 것과 잠자리를 얻을 수 있을 테니까요."

그러자 예수께서는 도마에게 대답하셨다.

"너희가 배가 고프기 시작할 때쯤 너희를 산으로 데리고 올라갔다가 이젠 배가 더욱 고파졌을 때 데리고 내려왔구나. 그러나 나는 오늘 밤을 너희와 함께 지낼 수가 없다. 혼자 있고 싶구나."

그 말씀을 들은 시몬 베드로가 말했다.

"선생님, 저희끼리 이 어둠 속을 걸어가라고 하지 마십시오. 비록 이 길가에 앉아 있게 되더라도 선생님과 함께 있게 해 주십시오. 밤의 어둠과 그늘은 그리 오래 머무르지 않을 것입니다. 선생님께서 저희와 함께 계신다면 말입니다. 아침의 빛이 곧 저희를 찾아내겠지요."

예수께서는 베드로에게 답하셨다.

"이 밤, 여우들도 제 굴이 있고 하늘을 나는 새들도 제 둥지가 있건만 사람의 아들은 이 땅 위에 머리 둘 곳이 없구나. 나는 지금 정말 혼자 있고 싶다. 나를 다시 만나고 싶거든 내가 너희를 발견했던 그 호숫가로 오면 된다."

할 수 없이 우리는 어두운 마음으로 그의 곁을 떠났다. 그를 두고 가는 것은 우리의 뜻이 아니었기 때문이다.

우리는 가다가 몇 번이고 가던 걸음을 멈추어 뒤를 돌아보았고, 그가 홀로 서쪽을 향해 걸어가시는 모습을 보았다.

우리 가운데 뒤를 돌아보지 않은 유일한 사람은 유다 이스가리옷이었다.

그날부터 유다는 늘 우울했고 우리와도 거리를 두었다. 그리고 그의 눈빛에는 어떤 범상치 않은 위험스러운 기운이 서려 있었다.

동방의 종교 의식
— 본디오 빌라도

예수가 내 앞에 서기 전에 내 아내는 그에 대한 말을 여러 차례 꺼냈다. 그러나 나는 관심이 별로 없었다.

아내는 꿈을 믿는 사람이다. 대개 여인들이 그렇듯이 아내도 동방의 신과 의식을 받들고 있었다. 이러한 종교는 로마 제국에 위험을 던지고 있다. 이 종교는 우리네 여인들에게 접근해 곧 해독을 끼치게 된다.

이집트는 아라비아의 힉소스 인들이 전파한 어떤 사막의 신 때문에 멸망했다. 그리고 그리스는 시리아 해안에서 온 아쉬타르트와 그의 일곱 여인에게 정복당해 먼지가 되었다.

예수가 자기 민족과 로마 인들에게 적으로, 그리고 죄인으로 취급되어 끌려오기 전엔 나는 한 번도 그를 본 일이 없었다.

그는 밧줄로 꽁꽁 묶인 채 재판정으로 끌려 나왔다.

나는 재판장석에 앉아 있었다. 그는 천천히, 확고한 걸음걸이로 내게 다가왔다. 그러고는 몸을 곧게 세우고 얼굴을 꼿꼿이 들었다.

그 순간 내 몸을 쏜살같이 꿰뚫고 지나가는 무엇인가가 있었다. 물론 내 의지와는 상반된 것이었지만, 나는 갑자기 단 아래로 내려가 예수 앞에 엎드리고 싶은 충동을 느꼈다. 로마 제국보다도 더 위대한 저 카이사르가 들어오는 듯한 착각에 빠졌던 것이다.

하지만 나는 곧 제정신으로 돌아왔다. 그러고는 자기 민족에 의해 반역죄로 고발당한 그를 담담하게 바라보았다. 나는 그의 지배자인 로마 총독이었고, 더구나 그때는 그를 재판할 판관이었다.

그에게 몇 가지 질문을 했지만 그는 대답이 없었다. 그저 묵묵히 나를 바라볼 뿐이었다. 그는 슬퍼 보였다. 내가 죄인이고, 자신이 너그러운 재판관이라도 되는 것처럼.

그때 밖에서 유대 인들이 외치는 소리가 들려왔다. 하지만 그는 연민에 찬 눈으로 나를 바라보며 여전히 침묵을 지키고 있었다.

나는 재판정 밖으로 나와 단 꼭대기에 섰다. 웅성거리던 군중이 일시에 입을 다물었다. 나는 그들을 향해 입을 열었다.

"여러분, 예수라는 자를 어찌하겠소?"

그들은 합창이라도 하듯 일제히 외쳤다.

"그를 십자가에 못 박으시오! 그는 우리의 적이며, 로마의 적이오!"

누군가 한 사람은 목소리를 높여 이렇게 말했다.

"성전을 파괴하려 했던 자가 바로 그자요! 그는 이 땅에 자기 왕국을 세우겠다고 했소. 우리는 카이사르 말고는 그 어떤 왕도 필요 없소!"

나는 다시 안으로 들어왔다. 그는 변함없이 머리를 곧게 세운 채 조용히 서 있었다.

문득 어느 그리스 철학자의 말이 떠올랐다.

'외로운 자가 가장 강한 자다.'

그 순간, 이 나사렛 사람이 그가 속한 민족에 비해 더없이 위대하게 느껴졌다.

나는 그에게 동정심을 느낄 수가 없었다. 나로서는 감당하기 어려운 사람이었기 때문이다.

"당신이 유대 인의 왕인가?"

그러나 그는 묵묵부답이었다. 나는 인내심을 가지고 다시 물었다.

"유대 인의 왕이라고 부르는 소릴 들은 적이 있는가?"

"당신 스스로 나를 왕이라 선언했소. 아마도 이 목적으로 내가 이 세상에 왔고, 또 그 진리를 증언하러 왔을 것이오."

이런 순간에 진리 따위를 운운하다니!

조급해진 나는 큰 소리로 그에게 물었다. 어쩌면 나 자신에게 물은 것인지도 모른다.

"진리? 진리가 무엇인가? 사형 집행인의 칼이 죄 없는 사람을 이미 베고 난 뒤에 진리라는 것이 무슨 가치가 있단 말인가?"

그러나 예수는 힘 있게 대답했다.

"진리와 성령이 아니고는 아무도 이 세상을 다스릴 수 없소."

"당신에게 성령이 깃들어 있는가?"

내가 다시 물었다.

"스스로 모르고 있을 뿐, 성령은 당신과도 함께 계십니다."

자신의 종교를 지키려고 밖에서 광분하고 있는 저 사람들과 로마 제국의 이익을 위해 여기 서 있는 내가 죄 없는 사람에게 죽음을 선고하게 될 이때, 성령이나 진리 따위가 무슨 소용이 있단 말인가?

어떤 사람, 어떤 민족, 어떤 나라도 이익을 추구하는 길 중간에서 진리 때문에 멈칫거리는 일은 없다.

나는 그에게 다시 물어보았다.

"당신이 그렇게 말하고 있지 않소?"

"이 자리에 서기 전에 이미 나는 온 세상을 정복했소."

이 말만은 내게 좀 우습게 들렸다. 오직 로마 제국만이 세계를 정복하지 않았던가. 그 순간 밖에서 사람들이 외치는 소리가 점점 크게 들려왔다.

나는 자리에서 일어서며 말했다.

"따라오시오."

나는 다시 바깥 계단 위에 섰다. 예수도 내 곁에 섰다.

군중은 예수를 보자 성난 천둥처럼 으르렁댔다. 그 소란 속에서 내 귀엔 오직 '십자가에 못 박으시오!'라는 외침만이 울려왔다.

예수를 내게 데려왔던 제사장들에게 그를 다시 넘겨준 다음, 나는 이렇게 일렀다.

"이 죄 없는 사람을 당신들 손에 맡기겠소. 필요하다면 로마 병사들을 불러 주겠소."

그들이 예수를 데려가려 할 때, 나는 예수가 매달릴 십자가 위에 써 붙일 말을 정했다.

'유대 인 왕, 나사렛 예수.'

아니, 나는 이렇게 말했어야 옳았으리라.

'왕이신 나사렛 예수.'

예수는 벌거벗겨진 채 채찍질을 당하고 십자가에 못 박혀 죽었다.

나는 예수를 죽음에서 벗어나게 할 수도 있었다. 하지만 그렇게 했다면 틀림없이 폭동이 일어났을 것이다. 피정복민을 다스리는 총독으로서 그런 종교적인 문제는 그들의 손에 맡겨 두는 것이 현명한 처사였다.

그 뒤로 나는 예수를 단순한 선동자 이상인 그 어떤 사람으로 믿게 됐다. 내가 붙이라고 한 문구는 사실 내 뜻이라기보다는 오히려 로마 제국의 안녕을 위한 것이었다.

얼마 지나지 않아 나는 시리아를 떠나게 되었다. 그런데 그날부터 아내는 좀처럼 슬픔에서 벗어나지 못했다. 지금도 나는 때때로 그녀의 얼굴에서 슬픔의 그림자를 본다.

내 아내는 로마의 다른 여자들에게 예수 이야기를 자주 한다고 한다.

보라, 내가 사형 선고를 내린 바로 그 사람이 어둠의 세계에서 돌아와 내 집에 살고 있지 않은가.

나는 나 자신에게 묻고 또 물었다. 무엇이 진리이며 또 무엇이 진리가 아닌가? 그 시대의 민은 고요한 잠으로 우리를 지배하고 있지 않은가.

물론 그렇게 되지는 않을 것이다. 로마는 우리의 아내들을 악몽으로부터 구하기 위해 필요한 모든 수단을 취할 것이기 때문이다.

평화와 자유를 준 예수
— 빌라도의 아내가 어떤 로마 부인에게

예루살렘에서 약간 떨어진 숲 속을 시녀들과 함께 걷고 있을 때, 나는 몇몇 사람들이 예수를 둘러싸고 있는 광경을 보았어요.

사람들에게 무슨 이야기인가를 하고 있었는데, 나는 그 말을 반 정도밖에 알아들을 수 없었습니다.

그러나 빛으로 된 기둥과 수정으로 이루어진 산을 알아보는 데 말이 무슨 소용 있겠어요. 혀가 결코 말할 수 없고, 귀가 결코 들을 수 없는 것을 마음은 알아낼 수가 있지요.

그는 사랑의 힘에 대해서 이야기하고 있었어요. 그의 목소리에 담긴 가락을 듣고 그 내용을 알 수 있었지요. 그의 몸짓을 보고 강렬한 힘을 느낄 수 있었고요. 내 남편조차도 그토록 권위 있게 말한 적이 없었는데, 어쨌든 예수는 부드러운 사람이었어요.

그는 나를 발견하고 잠시 말을 멈추었습니다. 그러고는 따뜻한 눈길로 나를 바라보았습니다. 나는 부끄러웠어요. 내 영혼은 그때 내가 하느님 앞에 있다는 것을 알고 있었지요.

그날 이후로 혼자 있을 때면 그의 모습이 나를 찾아왔습니다. 눈을 감고 있으면 그의 눈빛이 내 영혼을 비추었고, 그의 목소리는 고요한 밤을 가득 채웠습니다.

나는 꼿꼿하게 서 있었습니다. 내 고통 속에 평화가, 내 눈물 속에 자유가 있었으니까요.

사랑하는 나의 친구여. 그대는 그를 본 일이 없고, 앞으로도 결코 볼 수 없겠지요.

그는 우리 곁을 떠났습니다. 그러나 세상 누구보다도 그는 지금 내게 가까이 있습니다.

예수를 처음 만났을 때
— 마리아 막달라

내가 그분을 처음 만났을 때는 6월이었습니다. 그분은 밀밭 속을 걷고 계셨고, 나는 하녀들을 데리고 그 곁을 지나갔지요. 그분은 혼자 계셨습니다.

그분의 발걸음은 여느 사람과 달랐고, 몸짓은 그때까지 본 어느 누구와도 비슷하지 않았습니다.

땅 위의 인간이라면 누구라도 그렇게 걷진 못할 것입니다. 그리고 지금도 나는 그분이 빨리 걷고 있었는지 천천히 걸었는지조차 알 수가 없습니다.

내 하녀들은 그분을 가리키며 수줍게 서로 소곤거렸습니다.

나는 잠시 멈춰 서서 손짓으로 그를 불렀지요. 하지만 그분은 돌아보지 않았고 나를 거들떠보지도 않았습니다. 그래서 나는 그분을 미워하게 됐습니다. 나는 다시 내 자신으로 돌아왔지만 눈 내리는 벌판에 서 있는 것처럼 추웠습니다. 나는 떨고 있었지요.

그날 밤 그분을 꿈속에서 만났습니다. 잠을 깨고 나니 곁에 있던 사람들은 제가 자면서 소리를 지르며 몹시 불안해 했다고 말했습니다.

나는 8월에 그분을 다시 보았습니다. 내 방 창문을 통해서였는데, 그분은 우리 집 뜰 건너편에 있는 사이프러스 나무 그늘에 앉아 있었지요. 너무도 고요한 모습이어서 안티오크나 북쪽 나라의 다른 도시에 서 있는 석상처럼 돌로 깎아 놓은 것 같았습니다.

우리 집의 이집트 인 노예가 내게 와서 알렸습니다.

"저 사람이 또 여기 와 있습니다. 마님의 정원 건너편에 앉아 있어요."

그를 바라보자 내 영혼은 흔들렸습니다. 그분은 너무나 아름다웠습니다.

그분의 몸은 그 자체로 완전해, 각 부분이 몸의 서로 다른 부분을 지극히 사랑하고 있는 것처럼 보였습니다.

나는 다마스쿠스 의상으로 치장하고 집을 빠져나와 그에게로 걸어갔습니다.

도대체 무엇일까, 나를 그에게로 이끄는 힘은? 내 외로움일까, 그의 향기일까? 아니면 고요를 열망하는 내 눈 속의 굶주림일까, 내 눈에 비친 그의 아름다움일까?

지금까지도 나는 알 수가 없습니다.

향수를 뿌린 옷에 황금 샌들을 신고 나는 그에게 걸어갔습니다. 그 샌들은 로마의 기병대장이 내게 선물한 것이었지요.

그분 앞에 다다랐을 때 인사를 건넸습니다.

"안녕하세요?"

그러자 그분도 인사했습니다.

"안녕하세요, 미리암?"

그리고 그분은 나를 쳐다고았습니다. 검은 두 눈은 누구도 흉내 낼 수 없는 눈빛으로 나를 바라보았습니다. 나는 갑자기 알몸이 된 듯 부끄러워졌습니다.

그는 단지 '안녕하세요'라고만 했을 뿐이었습니다.

"저의 집으로 들어가시지요."

내가 청하자 그는 되물었습니다.

"이미 그대의 집에 있지 않습니까?"

그땐 그 말이 무슨 뜻인지 몰랐습니다. 그러나 지금은 압니다.

"저와 함께 술잔을 나누며 식사라도 하시지요."

이렇게 다시 권했지만 그분은 대답하셨습니다.

"좋아요, 미리암. 하지만 지금은 아닙니다."

지금은 아니다, 지금은 아니다. 그가 그렇게 말씀하셨지요. 그 두 마디 속에는 바다의 음성이 깃들어 있었고, 바람과 나무의 목소리가 있었습니다. 그리고 그분이 내게 그 말씀을 하셨을 때는 산 사람이 죽은 사람에게 말을 건넨 것처럼 느껴졌습니다.

그래요 여러분, 나는 죽은 사람이었지요. 나는 내 영혼을 떠나 있는 여자였으니까요. 지금 여러분이 알고 있는 제 모습과는 전혀 다르게 살아가고 있었답니다. 나는 모든 남자의 소유였고, 동시에 누구의 소유도 아니었지요. 사람들은 나를 창녀라고, 혹은 일곱 마리 마귀를 데리고 사는 신들린 여자라고 불렀습니다. 그들은 나를 저주하였고, 더러는 시샘도 했지요.

그가 새벽의 눈빛으로 내 눈을 들여다보자 내 어두운 밤은 별과 함께 사라져 버렸고, 나는 미리암으로 다시 태어났습니다. 이전에 알고 있던 자신의 세상을 잃어버리고 새로운 곳에서 자기를 찾은 여인, 미리암 말입니다.

그래서 나는 다시 그분께 청했습니다.

"제 집에 오셔서 함께 식사를 하시면 좋겠어요."

"왜 나를 손님으로 청하는 거요?"

"제발 와 주세요."

나는 간절히 원했습니다.

그러자 그분은 다시 그윽한 눈빛으로 나를 바라보셨습니다.

"그대에겐 많은 연인이 있소. 그러나 그대를 사랑하는 사람은 나뿐이오. 다른 사람들은 모두 당신을 가까이하는 가운데 자기 자신을 사랑하고 있소. 나는 그대 내면에 있는 그대를 사랑하오. 다른 사람들은 그대에게서 곧 사라지고 말 아름다움을 보고 있소. 인생의 황혼이 찾아와도 거울 속에 비치는 자신의 모습에 두려워할 필요가 없지요. 결코 사라지지 않는 아름다움이니까요. 나는 그대 속에 깃든 보이지 않는 모습을 사랑하오."

그러고는 소리를 낮춰 말씀하셨습니다.

"이젠 가 보시오. 이 사이프러스 나무는 그대 것이어서, 이 그늘에 앉는 것을 허락해 주시 않는다면 일어나서 길을 떠나겠소."

그 말씀을 듣고 나는 그에게 절박하게 외쳤지요.

"선생님, 제 집에 와 주세요. 선생님을 위해 태울 향유도 마련되어 있고 발을 씻으실 은대야도 준비했습니다. 선생님은 제겐 낯선 분이셨지만 이젠 낯선 사람이 아니잖아요. 세빌 부탁입니다. 제 집에 와 주세요."

그러나 그분은 자리에서 일어나, 하늘이 들판을 내려다보듯이 나를 바라보며 미소를 지으셨습니다. 그리고 다시 말씀하셨지요.

"세상 모든 남자가 그들 자신을 위해 그대를 사랑했소. 나는 그대 자신을 위해 그대를 사랑하오."

그러고는 가 버리셨습니다.

세상 그 누구도 그분처럼 걷지 못했습니다. 내 뜰에서 일어난 가벼운 숨결이 동녘으로 불려가는 것이었을까요? 아니면 모든 것을 그 뿌리까지 흔들어 대는 폭풍이었을까요?

그건 모르겠습니다. 그러나 그분이 황혼의 눈빛으로 내 안에 있는 악을 지워 버리셨던 바로 그날, 나는 한 여인이 되었습니다. 미리암이라는 여인이 된 것입니다.

석류알 같은 입술
— 마리아 막달라

그분의 입술은 석류처럼 붉었으며, 두 눈은 깊고 그윽했습니다.

그분은 자신이 강하다는 것을 알고 있는 사람 특유의 부드러움도 함께 지니고 있었지요.

꿈속에서 저는 그를 보고 두려움에 떠는 이 세상의 왕들을 볼 수 있었습니다.

그분의 얼굴은 무어라 표현하기가 어려웠지요.

한 조각의 어둠도 없는 밤, 아니면 소란함이라곤 조금도 느껴지지 않는 밝은 한낮이랄까요?

슬픈 낯빛이면서도 동시에 즐거움이 넘쳐흐르는, 그런 얼굴이었습니다.

손을 들어 하늘을 가리키면 그분의 다섯 손가락은 마치 느릅나무 가지 같았답니다.

저는 그분이 저녁 무렵에 길을 걸어가시던 모습을 기억합니다. 그러나 정말 걸으셨던 것은 아닙니다. 그분은 길 위에 깔린 또 하나의 길이나 마찬가지였으니까요. 하늘 높이 떠 있다가 비가 되어 지상으로 내려와 온갖 먼지와 더러운 것들을 쓸어 가는 구름 같기도 했지요.

그분 앞에 다가가 말을 건넬 때면 그의 얼굴은 늘 눈부시게 빛나고 있었습니다. 그분은 제게 이렇게 물었지요.

"무슨 일인가요, 미리암!"

저는 아무런 대답도 못 했습니다. 가슴속 깊이 감추어 둔 비밀은 그대로 머물러 있었습니다. 하지만 제 마음은 기쁨으로 따뜻하게 차올랐습니다.

저는 눈부심으로 더 이상 견딜 수 없어 그분 옆에서 물러났습니다. 저 자신이 부끄러운 것은 아니었습니다. 다만 제 마음결 위에 그분의 손길이 드리워져 있음을 느끼고 조금 수줍어졌을 따름입니다.

탄식의 노래
— 빌로스의 여인

아쉬타르트의 딸들이여, 타무즈의 모든 연인이여!
저와 함께 울지 않겠어요?
당신들의 심장이 녹아 피눈물로 흐릅니다,
너무도 아름다웠던 그가 그대들 곁을 떠났기에.
어두운 숲에서 멧돼지가 그에게 달려들었지요.
멧돼지의 날카로운 어금니는 그의 살을 꿰뚫었답니다.
이제 그는 지난해의 낙엽에 묻혀 있고
그의 발소리는 봄의 품 안에서 잠든 씨앗들을
더 이상 깨우지 못합니다.
그의 목소리는 이제 새벽과 함께 제 창가로 날아오지 않습니다.

그리고 저는 영원히 혼자입니다.

아쉬타르트의 딸들이여, 타무즈의 모든 연인이여!
저와 함께 울지 않겠어요?
사랑하는 사람이 저를 떠났습니다.
강물이 소리치듯이 제게 말했지요.
그의 목소리와 시간은 쌍둥이와 같아요.
고통을 받았던 그의 입술은 부드러워졌지요.
쓸개처럼 쓰디쓴 그의 입술이 꿀처럼 달게 변했답니다.

아쉬타르트의 딸들이여, 타무즈의 모든 연인이여!
저와 함께 울지 않겠어요?
하늘의 별들이 그의 관을 에워싸고 흐느끼는 깃처럼,
부서져 내리는 달빛이
그의 상처를 어루만지는 것처럼 말이에요.
당신들의 눈물로 제 잠자리를 적셔 주세요.
사랑하는 사람은 제 꿈속에 있었지만
눈을 뜨자 사라져 버렸지요.

아쉬타르트의 딸들이여, 타무즈의 모든 연인이여!

마음을 열고 저를 위로하며 울어 주세요.

나사렛 예수께서 돌아가셨답니다.

내쫓긴 자 예수
— 논리학자 헬마담

여러분은 내게 나사렛 예수 얘기를 해 달라고 하지만, 말할 것은 많아도 아직 때가 이릅니다. 그러나 내가 예수에 관해 말하는 어떤 이야기든, 그것이 진실인 것만은 틀림없습니다. 진실을 밝히지 않는다면 말이란 가치가 없습니다.

질서를 무너뜨리고 모든 소유를 부정하며 빌어먹고 사는 이 사람, 부랑자나 소외된 인간들과 어울리는 주정뱅이인 이 사람, 예수를 보십시오.

그는 국가의 자랑스러운 아들도 아니었고, 제국의 보호를 받는 로마 시민도 아니었습니다. 그는 자기 나라와 로마 제국을 비웃었습니다. 그는 하늘의 새처럼 자유롭게 아무런 의무도 없이 살았습니다. 그래서 사냥꾼들은 그를 화살로 쏘아 떨어뜨렸습니다.

과거의 탑을 무너뜨린 때는 어느 누구도 떨어지는 돌 더미를 피할 수 없습니다.

조상들이 쌓은 둑을 무너뜨린다면 물에 빠져 죽지 않을 사람은 하나도 없습니다. 그것은 율법입니다. 나사렛 예수는 그 율법을 어겼기 때문에 현명하지 못한 제자들과 함께 심판을 받게 된 것입니다.

이 세상에는 그 사람처럼 우리 인간의 운명을 바꿔 놓고자 하는 사람이 많이 있습니다.

그들은 스스로를 바꿔 놓았고, 그 결과 세상을 등지게 되었습니다.

성벽을 타고 자라나는 향기 없는 포도 덩굴이 있다고 합시다. 그 덩굴은 계속 위로 기어오르며 돌에 매달려 삽니다. 그런데 이 포도 덩굴이 '내 힘과 무게로 이까짓 벽쯤은 쉽게 무너뜨릴 수 있어'라고 말한다면 다른 식물들은 끼기고 하겠습니까? 물론 모두들 그의 어리석음을 비웃겠지요.

이제 나도 이 나사렛 사람과 그의 어리석은 제자들에게 비웃음을 보내지 않을 수 없습니다.

예수의 운명
— 자캐오

여러분은 단지 귀에 들려오는 이야기만을 믿는다.

하지만 이야기되지 않은 것들도 믿어야 한다. 침묵은 말보다 더 진실에 가깝기 때문이다.

어쩌면 여러분은 예수가 치욕스럽게 죽지 않고 신자들을 박해로부터 구할 수도 있지 않았겠느냐고 물을지도 모른다.

나는 이렇게 대답하고 싶다. 자신이 택한 길을 피할 수도 있었지만 그는 결코 그렇게 하지 않았으며, 어두운 밤에 늑대들로부터 자기의 어린 양들을 지키려 하지도 않았다고.

그는 자기 운명과 자기가 사랑하는 이들의 내일을 알고 있었다. 그는 우리 모두에게 무슨 일이 일어날지를 예언했다. 그가 본 것은 죽음이 아니었다.

겨울이 다가오면 농부들은 곡식을 쌓아 두고 봄이 오기를 기다리듯이, 또 집을 지을 때 그 토대에 커다란 돌을 깔듯이, 그는 그렇게 자신의 죽음을 받아들였다.

우리는 갈릴리와 레바논에서 온 사람들이다. 예수는 우리와 함께 고향으로 돌아가 늙도록 편안히 살 수도 있었다. 그런데 무엇이 그를 고향에 돌아가지 못하게 했을까?

그는 왜 '이제 나는 서풍에 밀리어 동쪽으로 가리라'라고 말하지 않았을까? 그리고 왜 미소를 지으며 우리에게 돌아가라고 하지 않았을까?

그는 이렇게 말할 수 있으리라.

"자, 어서 너희의 고향으로 돌아가라. 아직 세상은 나를 맞이할 준비가 되어 있지 않으니, 나는 천 년 뒤에 다시 오리라. 내가 부활하는 날까지 너희의 자손을 잘 가르치도록 하라."

그는 알고 있었다. 눈에 보이지 않는 교회를 짓기 위해서는 스스로를 그 머릿돌로 놓아야 하며, 우리를 그 둘레에 튼튼히 붙박아 두어야 함을.

그는 알고 있었다. 하늘나라 나무의 수액이 그 뿌리에서부터 솟아나야 함을. 그리고 그 뿌리 위에 자신의 피를 흘려야 함을. 그것은 희생이 아니라 부활이었다.

죽음은 다시 태어난다. 예수는 죽어서 다시 생명을 얻었다. 그가 여러분과 그의 적들을 피했더라면 여러분은 세계를 지배하게 되었을 것이나. 그래서 그는 피하지 않았던 것이다.

모든 것을 얻고자 하는 사람만이 모든 것을 줄 수 있다.

예수는 적으로부터 도망쳐서 자기 삶을 연장시킬 수도 있었다. 그러나 그는 세월의 무상함을 알고 있었고, 그러기에 자기 노래를 부르고자 했다.

무장한 세상에 맞서서 굴복하지 않고 삶을 뛰어넘은 사람이 예수 외에 또 누가 있겠는가?

이제 당신은 예수를 죽인 사람이 정말 누구인지, 로마 인인지 아니면 예루살렘의 제사장인지 진지하게 물어보아야 한다. 로마 인도 제사장도 그를 죽이지 않았다. 어쩌면 온 세상이 십자가에 매달린 그의 영광을 위해 존재했는지도 모를 일이다.

죽은 자들로 하여금 죽은 자를 묻게 하라
— 율법학자 벤야민

예수는 로마의 유데아의 적이었다고 사람들은 말해 왔다.

하지만 나는 그가 세상 어떤 사람, 또 어떤 민족에게도 적이 될 수 없었다고 믿는다.

나는 그가 이렇게 말하는 것을 들은 일이 있다.

"저 하늘과 산봉우리를 나는 새들은 어두운 동굴 속에 숨어 있는 뱀에게 조금도 신경을 쓰지 않는다."

"죽은 자들로 하여금 그들의 주검을 묻게 하라. 산 자 가운데서 살아라. 그래야 하늘 높이 치솟게 되리라."

나는 그의 제자가 아니다. 단지 그의 얼굴을 보러 그를 따라다니던 많은 사람 중의 하나였을 뿐이다.

그는 로마 인들과 그들의 노예인 우리를 찬찬히 살펴보았다. 마치 더 큰 장난감을 차지하려고 싸우는 자녀들을 지켜보는 아버지처럼. 그는 저 높은 곳에서 아래를 내려다보며 미소 짓는 것 같았다.

그는 국가나 민족보다 크고, 혁명보다도 위대했다.

그는 홀로 외롭게 살았지만 늘 깨어 있는 사람이었다.

그는 아직 흘리지 않은 우리의 눈물을 보며 흐느꼈고, 우리의 반란을 보며 웃음 지었다.

우리는 앞으로 태어날 생명들이 그의 권능 안에 있으며, 그들의 눈이 아니라 그의 눈을 통해 세상을 바라보게 될 것임을 알고 있다.

예수는 지상에 세워진 새로운 왕국의 기초를 다졌고, 그 왕국은 앞으로도 영원히 계속될 것이다.

그는 영혼의 왕국을 세운 모든 왕의 아들이며 손자이다.

그리고 이 영혼의 아들만이 우리의 세계를 다스릴 수 있는 것이다.

선동자 예수
— 대제사장 안나스

예수는 본래 비천한 집안의 자손이며 도둑질을 일삼던 자였다. 그리고 협잡꾼에 허풍선이였다. 그래서 그의 말은 오직 가난하고 천한 자들에게만 호소력이 있었다. 그 때문에 스스로 온갖 더러운 길로 걸어갈 수밖에 다른 길은 없었다.

그는 우리와 우리의 율법을 비웃었다. 또한 우리의 권위와 명예를 하찮게 여겼다. 심지어는 성전을 무너뜨리겠다는 말까지 서슴지 않았다. 그는 너무도 뻔뻔스러운 인간이었다. 그래서 그런 부끄러운 죽음을 맞을 수밖에 없었다.

아도니스와 아쉬타르트가 이스라엘과 이스라엘의 하느님에 대항했던 북쪽 지방, 즉 이교도의 땅 갈릴리에서 그는 왔다.

그는 우리 예언자들의 설교를 말할 때면 혀가 굳어 더듬거렸지만, 천하고 속된 놈들의 말로 지껄일 때만은 귀를 찢을 듯 요란을 떨었다.

그에게 죽음을 선고하는 일 외에 내가 할 일이 또 무엇이겠는가.

나는 성전을 지키는 사람이요, 율법의 보호자다. 그런 내가 그에게서 돌아서서 이렇게 말했어야 옳았단 말인가?

"그는 미친 사람이야. 그가 헛소리를 늘어놓다가 지치게끔 그냥 풀어 주자. 귀신 들린 미치광이 정도는 이스라엘의 앞날에 아무런 해도 끼치지 못한다."

아니면 그가 우리더러 거짓말쟁이, 위선자, 늑대나 독사처럼 음흉한 자들이라고 비난할 때 귀를 막고 가만히 있어야 했단 말인가?

물론 나는 귀머거리가 될 수 없었다. 그자는 미친 사람이 아니었기 때문이다. 그는 과대망상증에 빠져 있었다. 그는 스스로 경건한 체하면서 우리를 탓하고 욕했다.

그래서 나는 그에게 죽음을 내렸다. 그의 죽음이 그를 따르는 무리에게 경고가 되리라 믿었기 때문이기도 했다.

이 일로 내가 욕을 먹고 있다는 사실을 물론 잘 알고 있다. 심지어 산헤드린의 몇몇 원로들에게서까지 말이다. 그러나 한 사람 때문에 많은 사람이 길을 잃고 헤매는 것보다도 그 불쌍한 사람들을 위해 한 사람을 희생시켜야 한다는 내 생각에는 지금도 변함이 없다.

유대 인은 이민족에게 정복당했다. 그러나 내부의 적으로 인해 또다시 무너져서는 안 된다.

북쪽에서 온 어느 누구도 우리의 성전을 무너뜨리지 못할 것이며, 성궤 위에 그 그림자를 드리우지 못할 것이다.

사고파는 일
— 티르의 상인 바르카

로마 인이든 유대 인이든 그 누구도 나사렛 예수를 진정으로 이해하지는 못 했을 것입니다. 그분의 복음을 전하는 열두 사도 역시 마찬가지일 것입니다.

로마 인들은 그를 죽이는 엄청난 죄를 저질렀습니다. 갈릴리 인들은 그를 신들 가운데 하나로 만드는 실수를 저질렀습니다.

예수는 인간의 마음을 지닌 분이었습니다.

나는 배를 타고 세상 이곳저곳을 두루 다니며 장사를 했습니다. 왕, 귀족, 거짓말쟁이, 사기꾼 등 온갖 사람을 다 겪었습니다. 하지만 장사꾼에 대해 예수보다 더 잘 알고 있는 사람을 한 번도 본 적이 없습니다.

언젠가 그분은 사람들에게 이런 이야기를 들려주었습니다.

"어떤 상인이 고향을 떠나 먼 나라로 장사하러 가게 되었습니다. 떠나기 전에 그는 자기 종 두 명을 불러 한 움큼씩 금화를 건네주며 말했습니다. '내가 없는 동안에 이윤을 남겨 보도록 해라. 이 금화를 다른 물건과 바꿔 봐. 그게 바로 상거래의 출발이니까.'

그리고 일 년이 지난 뒤 상인이 돌아왔지요.

그는 두 종을 불러 자기가 준 금화로 무엇을 했느냐고 물어보았습니다.

첫 번째 종이 대답했습니다.

"주인님, 보십시오. 그 돈으로 물건을 사고팔아서 이렇게 이윤을 남겼습니다."

그러자 상인은 그 종을 칭찬했습니다. "그것은 네 몫이다. 주인인 나와 너 스스로에게 성실했던 결과이니까."

이번엔 두 번째 종이 입을 열었습니다.

"주인님, 용서해 주십시오. 돈을 날릴까 걱정이 되어 저는 물건을 사지도 팔지도 않았습니다. 주신 금화는 여기 주머니 속에 그대로 있습니다."

상인은 그 금화를 받아 들며 이렇게 일렀습니다. "네 믿음이 너무 약하구나. 장사를 해서 손해 보는 것이 아예 하지 않는 것보다 낫다. 바람이 씨앗을 날린 뒤 열매 맺길 기다리듯, 장사란 그렇게 하는 법이다. 네겐 장사보다도 다른 사람을 섬기는 일이 훨씬 어울리는구나."

예수께서는 비록 장사꾼이 아니었지만 상업의 비결을 바로 그런 식으로 꿰뚫어 보실 수 있었습니다. 그분에 대한 이야기들은 제가 여행했던 곳보다 더 멀리 퍼져 나갔으며, 제 집보다 훨씬 가까운 곳으로 저를 이끌었습니다.

그 젊은 나사렛 사람은 결코 신이 아니었습니다. 그의 제자들이 그같이 현명한 인간을 신으로 만들려고 하는 건 참으로 안타까운 일입니다.

예수를 따르던 사람들의 앞날
— 베드로

한번은 예수께서 해질 무렵 우리를 데리고 벳새다라는 곳으로 가셨습니다. 우리는 긴 여행에 몹시 지쳤고, 길의 먼지를 뿌옇게 뒤집어쓰고 있었습니다. 마침내 우리는 마당이 넓은 어떤 집에 다다랐습니다. 집주인이 문 앞에 서 있었지요. 예수께서는 주인에게 부탁하셨습니다.

"이 사람들은 몹시 지쳤고 발도 부르텄습니다. 부디 이들에게 하룻밤 쉴 곳을 주셨으면 합니다. 밤공기가 제법 차가워져 이제는 좀 쉬어야 할 시간입니다."

그러나 부자인 집주인은 딱 잘라 거절했습니다.

"안됐지만 그건 곤란한 일이오."

예수께서는 다시 부탁하셨습니다.

"그렇다면 이 마당에서라도 자게 해 주시지요."

그러나 이번에도 부자는 단호하게 거절했습니다.

그러자 예수께서는 우리에게 말씀하셨습니다.

"지금 겪고 있는 일이 바로 너희의 앞날이다. 모든 문은 너희 앞에서 굳게 닫히고, 집 마당에서 별을 보며 잠을 청하는 것조차 허락되지 않을 것이다.

너희가 진실로 이 자갈길을 이겨 내고 나를 따라온다면, 부드러운 잠자리와 빵과 포도주를 구할 수 있을지도 모른다. 하지만 이들 가운데 어떤 것도 주어지지 않는다 하더라도 내 사막 중의 하나를 너희가 건넜음을 기억하도록 해라.

자, 또 가자꾸나."

그 말씀을 들은 부자는 몹시 당황스러워하는 듯했습니다. 그는 안색이 바뀌어 알아들을 수 없는 말을 중얼거리며 돌아서더니 마당 안쪽으로 사라졌습니다.

그리고 우리는 예수를 따라 계속 길을 재촉했습니다.

말씀이신 예수
— 사랑받았던 제자 요한

여러분은 내게 예수 이야기를 해 달라고 하지만, 어떻게 내가 그 수난의 노래를 텅 빈 갈대 피리에 담을 수 있겠습니까?

예수께서는 살아 계신 동안 한시도 하느님의 존재를 느끼지 않은 적이 없었습니다. 무심히 흘러가는 구름, 그 그림자에서 그는 하느님을 보았습니다. 그리고 고요한 우물에 비친 하느님의 얼굴, 모래 위에 희미하게 찍힌 하느님의 발자국, 그는 가끔 눈을 감고 하느님의 거룩한 눈길을 만났습니다.

밤에는 하느님의 목소리를 들었고, 홀로 있을 때면 하느님의 천사들이 자기를 부르는 소리를 들을 수 있었으며, 꿈속에서도 천상의 속삭임을 들을 수 있었습니다.

그는 우리와 함께 있는 것을 행복하게 여기셨고, 기꺼이 우리를 형제라고 불렀습니다.

말씀 자체인 그분이 우리를 형제라 불렀을 때, 우리는 그 말씀을 이루는 음절 하나하나에 지나지 않았습니다.

내가 왜 그를 태초의 말씀이라 부르는지 그 이유를 그분의 이야기를 거울삼아 여러분에게 들려드리겠습니다.

태초에 하느님이 세상을 창조하셨으며, 그의 놀라운 힘으로 땅이 생겼고 사계절이 시작되었지요.

하느님께서는 모든 것에 생명을 불어넣어 주셨고 삶에 대한 갈망도 점점 커졌습니다.

하느님께서는 '예수는 내 태초의 말씀이며 그 말씀은 완벽하다'고 말씀하셨습니다. 나사렛 예수가 세상에 오셨을 때 태초의 말씀이 우리에게 들렸고, 그 말씀이 살과 피를 가진 사람이 된 것입니다.

기름 부음을 받은 자 예수는 인간에게 전해진 하느님의 첫 말씀이었습니다. 과수원에서 어떤 사과나무가 다른 나무들보다 하루 일찍 봉오리를 맺고 꽃을 피우는 것처럼. 하느님의 과수원에서는 그 하루가 바로 영원이었던 것입니다.

우리는 모두 하느님의 자녀입니다. 그리고 예수는 그의 맏아들입니다. 그는 나사렛 예수로서 살았고, 우리 사이를 걸어 다녔으며, 우리는 그를 볼 수 있었습니다.

내가 말한 이 모든 것은 마음으로, 그리고 영혼으로써 이해해야 합니다. 마음에도 그 크기와 깊이가 있듯이…….

그러나 삶의 한가운데로 뛰어들어 그 진실을 움켜쥘 수 있는 것은 영혼이며, 영혼의 씨앗은 또한 영원한 것입니다.

바람이 세차게 불다가도 이내 잠잠해지고 바다 물결이 높이 치솟다가도 점차 수그러지듯, 삶의 중심은 고요하고 평화로우며 그곳에는 반짝이는 별들이 언제까지나 붙박여 있습니다.

노예들과 버림받은 자들
— 에페소의 바르톨로메오

예수를 비난하는 사람들은 이렇게 말했다.

"그는 노예와 가난한 사람들을 선동해서 폭동을 일으키려 했다. 자신이 비천한 신분으로 태어났기 때문에 비슷한 처지의 사람들을 꼬드겼지만, 막상 자신의 출생에 대해서는 밝히려 하지 않았다."

처음에 그는 북쪽 지역에서 온 자유인들을 친구로 얻었다. 그들은 강한 육신을 가졌지만 영혼은 황량하기 짝이 없었다. 그러나 40여 년의 세월이 흐른 뒤에 그들은 죽음 앞에서도 의지와 용기를 잃지 않았다. 이 사람들을 누가 노예나 가난한 사람들이었다고 말할 수 있겠는가.

또는 레바논과 아르메니아의 귀족들이 자기 신분을 망각하고 예수를 하느님의 예언자로 받아들였다고 여러분은 생각하는가?

아니면 안티오크, 비잔티움, 아테네, 로마 등지의 귀족들이 노예 지도자의 목소리에 사로잡혔다고 생각하는가?

아니다, 결코 그렇지 않다. 그 나사렛 사람은 노예들의 편에 서서 지배자에 맞서지 않았다. 지배자의 편에 서서 노예를 탄압하지도 않았다. 그는 그 어느 쪽에도 서 있지 않았다.

그는 사람들 위에 우뚝 솟아 있는 사람이었다. 작은 시냇물이 한데 모여 힘차게 흘러가듯 열정과 힘으로 뜨거운 노래를 부르는 사람이었다.

그는 모든 사람 가운데서 가장 고귀한 사람이었고, 가장 자유로운 사람이었고, 가장 높은 신분의 사람이었다.

강하고 빠른 자만이 승리를 얻고 월계관을 쓸 수 있다. 예수는 그를 사랑하는 사람들에 의해, 그리고 심지어는 그의 적들에 의해 왕관을 머리에 얹게 되었다.

지금 이 순간에도 예수는 아르테미스 신전의 여제사장들에 의해 제단의 은밀한 곳에서 왕으로 추앙받고 있다.

어리석은 자들과 협잡꾼들
— 산헤드린의 가장 젊은 율법학자 니고데모

예수가 자신의 앞길을 스스로 가로막고, 자기 자신을 파멸의 구렁텅이로 이끌었다고 말하는 사람은 모두 어리석은 자들입니다. 또 예수가 자신을 망각하고 혼란에 빠져 있었다며 비난하는 사람들도 다 마찬가지입니다.

사실 그런 사람들은 자신의 울음소리 외엔 어떤 노래도 듣지 못하는 올빼미들입니다. 자기보다 더 뛰어난 사기꾼만을 섬기고 자기들의 머리를 시장에 내다 파는 사기꾼들을 우리는 잘 알고 있습니다.

우리는 키 큰 사람을 헐뜯는 난쟁이들도 있음을 압니다.

그리고 우리는 잡초가 참나무나 삼나무를 보고 뭐라고 욕하는지도 잘 알고 있습니다.

나는 남을 욕하는 그 잡초가 결코 참나무만큼 자랄 수 없음을 딱하게 여깁니다. 구부러진 가시넝쿨이 언제나 꼿꼿한 느릅나무를 시샘하는 것도 불쌍하게 여깁니다.

그러나 이런 동정이 그들에겐 아무런 도움도 되지 못합니다.

남루한 옷을 펄럭이며 들판에 서 있는 허수아비는 고운 노래를 부르며 지나가는 바람에게도 주위의 모든 생명에게도 그저 무표정할 뿐입니다.

날벌레를 잡으려고 하루 종일 공중에 집을 짓는, 그러나 자신은 날개가 없는 거미를 우리는 잘 알고 있습니다.

뿔나팔을 불고 북을 둥둥 치지만, 그 소리 때문에 하늘의 종달새와 숲 속의 바람이 부르는 노래를 듣지 못하는 재주꾼들이 있지요.

그런가 하면 물살을 거슬러 노를 젓고 모든 강을 다 다녀 보았지만, 그 근원을 모르면서 바다에 도전할 용기를 내지 못하는 뱃사공도 있습니다.

서툰 기술로 성전 쌓는 일을 하다가 솜씨가 부족하여 밀려나면 앙심을 품고 이렇게 말하는 사람도 있지요.

"이 세상에 쌓아 올리는 모든 걸 허물어 버릴 테다."

우리는 이렇게 다양한 사람들을 알고 있습니다. 그들은 예수의 말을 믿지 않습니다. 예수가 어떤 날은 '너희에게 칼을 빼앗으러 왔다'고 말하고, 또 다른 날엔 '너희에게 칼을 주러 왔다'고 말하기 때문에 앞뒤가 맞지 않는다는 것입니다. 그들은 예수의 말이 다음을 의미한다는 걸 모릅니다.

"착한 이들에게는 평화를 주고, 평화를 원하는 사람들과 싸움을 원하는 자들 사이에 칼을 놓으러 왔다."

그들은 예수의 말을 의심합니다.

"내 왕국은 이 지상에 있지 않다."

"카이사르의 것은 카이사르에게 주어라."

참으로 그들이 열망하는 나라에 들어가고 싶다면 그 문 앞에 서 있는 사람을 따라야 함을 그들은 모릅니다. 그곳에 들어가기 위해서는 다른 우상을 섬겨서는 안 되는 것이 당연하지 않습니까?

그들은 이렇게 말합니다.

"그는 형제애와 친절을 베풀라고 설교하지만, 자기 어머니와 형제들이 예루살렘 거리에서 그를 찾아왔을 때는 못 본 척하고 지나가지 않았던가."

예수의 어머니와 형제들은 걱정이 되어 그를 집으로 데려가려 했지만, 그가 눈을 똑바로 뜨고 새 시대의 새벽을 보고 있었다는 걸 알지 못했습니다.

예수의 어머니와 형제들은 모든 사람이 머무르고 있는 죽음의 그늘 밑에서 그를 살게 하려 했지만, 그는 죽음에 기꺼이 맞서 저 언덕 위에서 목숨을 내놓아 우리의 기억 속에 영원히 살아남고자 했습니다. 그들은 그런 사실도 알지 못했습니다.

나는 그들이 세상 어느 곳으로도 길을 내지 못하는 두더지임을 압니다. 예수가 사람들 앞에서 '나는 구원의 길이며 구원으로 통하는 문이다'라고 말하면서 스스로를 부활이요, 생명이라 일컬었다는 이유로 그를 기소한 사람들이 바로 그들 아닙니까?

그는 자신이 길이요, 생명이요, 부활이라고 말했습니다. 나는 그 진리의 증인입니다.

여러분은 나를 분명히 기억하시겠지요. 율법에 복종하고, 율법 외엔 아무것도 믿지 않았던 니고데모를 말입니다.

지금의 나를 보십시오. 햇살이 언덕 위에서, 산등성이에서 웃음을 띨 때, 얼굴 가득 미소를 짓고 활기차게 걸어가는 니고데모를 말입니다.

왜 '구원'이라는 단어 앞에서 머뭇거립니까? 나는 예수를 통해서 구원을 얻었습니다.

내일 어떤 일이 벌어질까를 나는 조금도 걱정하지 않습니다. 예수께서 내 깊은 잠 속으로 찾아와 친구들과 길동무들이 있는 꿈속으로 나를 이끌 것을 알기 때문입니다.

시인인 예수가 내게 말을 건넸을 때 내 살과 뼈의 장벽은 무너졌습니다. 나는 영혼으로 살아 저 높은 곳에 올랐고, 내 날개는 갈망의 노래를 가득 담게 됐습니다.

바람을 타고 내려온 내가 산헤드린에서 한쪽 날개를 다치게 되었어도 내 갈비뼈와 깃 빠진 날개는 그 노래를 깊게 포옹했습니다.

이 세상 누구도 내게서 그 선물을 빼앗아 가진 못합니다.

이제 귀가 들리지 않는 이들은 죽은 귀에 들려오는 세속의 소리를 땅속에 묻어 버리십시오. 그분의 칠현금 소리면 충분합니다. 그분이 손에 못이 박혀 피를 흘릴 때까지 들려주신 칠현금 소리 말입니다.

그로부터 1900년 후
— 레바논에서 온 사람

주여, 노래이신 주여!
침묵의 말씀이여
저는 일곱 번 태어나 일곱 번 죽었습니다.
당신은 너무 빨리 왔고

우리의 환영은 너무 짧았지요.
내가 다시 태어나는 것을 보십시오.
언덕 사이에 걸려 있는
낮과 밤을 기억하면서
당신의 물결이 우리를 끌어올려 줄 때,
그 뒤로 저는
수많은 바다와 육지를 건넜지요.
제가 노 저어 갈 때
당신의 이름은 기도였습니다.
사람들은 당신을 찬미하거나 비난하지요.
당신의 실패에 대한 비웃음, 그리고 항의,
찬미, 사냥꾼의 찬송.
사랑하는 이를 위해 식탁에 준비할
사냥감을 짊어지고 돌아오는.

당신의 친구들은 저희와 함께 있습니다,
위안과 의지할 곳을 찾고자.
당신의 적들도 저희와 함께 있지요,
힘과 믿음을 기르기 위해.
당신의 어머니도 저희와 함께 계십니다.

모든 어머니의 모습에서처럼
저는 그녀의 얼굴에서 광채를 보았습니다.
그녀의 손은 부드럽게 요람을 흔들었고,
그녀의 손은 따사롭게 수의를 입혔지요.
마리아 막달라도 우리 곁에 있습니다.
그녀는 생명의 신 초를 마시고
포도주를 맛보셨지요.
작은 욕망과 큰 고통에 사로잡힌
유다는 대지 위를 걸어갑니다.
굶주린 그가 아무것도 발견하지 못했을 때,
그는 스스로를 먹이로 삼았습니다.
그리고 그는 파멸의 구렁텅이에서
더 큰 자아를 찾으려 합니다.
그리고 요한, 아름다움을 사랑했던
그 젊은이가 여기 있습니다.
그는 듣는 사람 하나 없어도 노래를 부릅니다.
더 살려고 당신을 부정했던 성급했던 시몬 베드로,
그도 역시
우리가 피운 불 가까이 앉아 있습니다.
그는 날이 밝기 전에 또다시

당신을 부정할지도 모릅니다.

하지만 그는

당신의 뜻이라면 기꺼이 십자가에 못 박혀 죽을 것이고

스스로 그런 영광을 받을 가치가 없다고 생각한답니다.

가야바와 안나스도 아직 살아 있습니다.

여전히 죄인을 재판하면서,

그들에게 재판받은 사람이

채찍질 당하는 동안

그들은 푹신한 깃털 침대에서 잔답니다.

간음을 했던 여인,

그녀도 이 도시의 거리를 걷고 있습니다.

배가 고파도 먹을 것이 없군요.

그리고 빈집에 홀로 산답니다.

빌라도, 그도 여기 있습니다.

당신 앞에서 겁먹은 얼굴로

여전히 질문을 던지며,

그러나 자기 자리를 박차고 떠나거나

식민지인들을 모욕하지는 않습니다.

그는 계속 손을 씻습니다.

예루살렘은 대야를, 로마는 물주전자를
손에 들고 있습니다.
수천수만의 손이 그들에 의해
눈부시도록 희게 씻길 것입니다.

주여, 시인이신 주여!
노래로 말씀하시는.
그들은 성전을 짓고 당신의 이름을 붙였습니다.
그리고 모든 언덕마다
당신의 십자가를 세웠습니다.
그들이 가는 길을 지키기 위한 표시와 상징이죠.
당신의 기쁨을 위한 것은 아닙니다.
당신의 기쁨은 그들의 눈엔 보이지 않는 언덕이기에
그들을 위로하지 않습니다.
그들은 알지도 못 하는 사람을 존경하지요,
그들과 같은 사랑, 친절, 위안을 가진.
그들의 자비는 스승에게서 솟아난 것일까요?
그들은 살아 있는 그 사람을 존경하지 않습니다.
그는 눈을 뜨고 태양을 바라보았습니다.
그의 속눈썹은 조금도 떨리지 않았지요.

그래요, 그들은 그를 알지 못했고
그와 같이 되기를 원하지도 않았습니다.

그들은 서로를 알려고도 하지 않은 채
낯선 사람들 틈에서 걸었습니다,
눈물을 삼키며.
그러나 그들은
당신의 기쁨 속에서 위안을 찾지 못했지요.
그들은 당신의 말씀과 노래 속에서
평화를 얻지 못했답니다.
고통과 침묵은
그들을 외롭고 쓸쓸하게 만들었습니다.
많은 사람에게 둘러싸여 있지만
그들은 두렵고 친구도 없습니다.
서풍이 불어오면 그들은
동쪽으로 엎드립니다.

그들은 당신을 왕이라 부릅니다.
그리고 당신의 왕국에 들어가려 하지요.
그들은 당신을 구세주라 부릅니다.

그리고 그들은 성유로 축성되길 원하지요.
그래요, 그들은
당신의 삶을 본받으려 합니다.
주여, 노래 부르시는 주여!
당신의 눈물은 5월의 소나기와 같습니다.
그리고 당신의 웃음은
하얗게 부서지는 파도와도 같습니다.
당신의 말씀은 아득히 먼 속삭임,
타오르는 입술에서 흘러나오는.
아직도 마르지 않은 그들의 눈을 보며
당신은 우십니다.
그들의 생각과 이해는
당신의 목소리에서 비롯됩니다.
그들의 말과 숨결은
당신의 목소리에서 자랍니다.

저는 일곱 번 태어나
일곱 번 죽었습니다.
지금 저는 다시 태어나
당신을 바라봅니다.

투사 중의 투사, 시인 중의 시인이시며
왕 중의 왕.
당신의 길동무들과 마찬가지로 반벌거숭이의 인간 그 자체인 당신.
날마다 주교들은 머리를 숙이고
당신의 이름을 부릅니다.
날마다 거지들은 이렇게 말합니다.
"예수의 이름으로 청하오니
빵 살 돈 한 푼만 주십시오."

우리는 서로의 이름을 부르지만
사실은 당신을 부르는 것이지요.
우리의 욕망과 소원이 물결치듯이
썰물처럼 가을이 스쳐가듯이
높거나 낮게, 당신의 이름은
우리 입술 위에 있습니다.
끝없이 갈망을 가신 당신.

주여, 우리 외로운 날들의 주인이시여!
요람과 무덤 사이, 여기저기에서

당신의 소리 없는 형제들을 만납니다.

족쇄를 풀어 버린 자유로운 사람들,

당신의 어머니이신 대지와 하늘 사이에서 나온 아들들.

그들은 하늘의 새처럼 즐겁고

들에 핀 백합꽃처럼 아름답습니다.

당신의 삶을 따라 살고, 당신의 생각대로 생각하며,

당신의 노래를 부릅니다.

그러나 그들의 손엔 아무것도 없고,

그들은 십자가에 못 박히지도 않습니다.

그들의 고통은 거기에서 비롯됩니다.

이 세상은 날마다 그들을 죽이지만

그 방법은 아주 하찮은 것입니다.

하늘도 땅도 갈라지지 않습니다.

그들은 죽임을 당하지만

누구도 그들의 고통을 노래하지 않습니다.

오른쪽 왼쪽으로 둘러보아도

그의 왕국에 자리를 약속하는 사람은

찾을 수가 없습니다.

그들은 앞으로도 죽고 또 죽을 것입니다.

당신의 하느님은 그들의 하느님,

당신의 아버지는 그들의 아버지입니다.

주여, 사랑이신 주여!
향기로운 방에서 공주가 당신을 기다립니다.
그리고 새장 속에 갇힌, 결혼한 혹은 결혼 안 한 여인들,
거리에서 빵을 구하는 매춘부,
남편을 갖지 않는 수도원의 수녀,
창가에 서 있는 아이 없는 여인들,
서리가 숲을 수놓은 곳에서
그녀들은 당신을 찾아냅니다.
그리고 여인들은 당신을 돌보며 위안을 얻습니다.

주여, 시인이신 주여!
우리 말 없는 갈망의 주인이시여!
세상은 당신 가슴의 맥박으로 요동칩니다.
그러나 당신의 노래는 세상의 심장을 태워 버리진 않습니다.
조용한 기쁨에 싸여
세상은 당신 목소리를 듣습니다.
당신의 언덕에 오르기 위해 당신의 꿈을 꾸지만,
당신의 새벽을 깨우지는 않습니다.

그의 커다란 꿈,

그는 당신의 계시로 세상을 보고자 합니다.

그러나 그 무거운 발을 이끌며 당신의 옥좌로 가진 않습니다.

당신의 이름으로 왕좌에 오르고

당신의 권능으로 주교관을 씁니다.

그리고 당신의 황홀한 방문은

그들을 위한 왕관과 왕홀로 바뀝니다.

주여, 빛이신 주여!

장님의 더듬거리는 손끝에 머무는 당신의 눈길.

당신은 여전히 놀림받고 무시당합니다.

하느님이라 부르기엔 너무 나약한 사람,

찬양을 드리기엔 너무 인간적인 신이라고.

그들의 찬송과 기도,

그들의 성찬과 묵주는

자신을 자유롭게 하기 위한 것입니다.

당신은 아직 그들에게서 멀리 있는 자아요,

열망이며 고통이십니다.

그러나 주여, 하늘의 중심이시여,
우리 꿈의 주인이시여!
당신은 오늘도 이 땅을 밟고 오시며
활도 창도 당신의 걸음을 멈추지 못합니다.
당신은 우리의 화살을 뚫고 오시며
당신의 미소를 우리에게 주십니다.
당신은 우리 가운데 가장 젊으시며
아버지 역시 그러하십니다.

시인이며 노래 부르는 자며
한없이 너그러우신 주여!
당신의 이름에 축복이 있으며
당신을 낳은 자궁과 젖을 먹인 가슴에
축복이 가득할 것입니다.

작품에 대하여

사람의 아들 예수

작품 개요

◆ 작품 소개

깊은 통찰력으로 예수의 참모습을 보여 주는 작품

《사람의 아들 예수》는 시인이자 철학자이자 화가였던 칼릴 지브란이 쓴 문제작이다. 칼릴 지브란은 레바논 태생으로 열두 살 때 미국으로 건너가 아랍 어와 영어로 작품을 썼다. '20세기의 성서'라고 불리는 《예언자》를 비롯하여 신비롭고 명상적인 분위기를 풍기는 그의 작품들은 전 세계 독자를 사로잡으며 깊은 영감을 안겨 주었다.

1928년에 발표된 《사람의 아들 예수》는 시와 소설과 수필의 성격이 혼재하는 독특함을 지녔다. 이 작품은 예수 그리스도가 살았던 시기에 그를 알고 지냈던 수많은 사람이 자기가 바라보고 경험한 예수에 대해 말하는 책이다. 따라서 예수의 삶과 말씀, 예수에 관련된 갖가지 에피소드와 발자취가 생생하게 담겨 있다.

예수를 증언하는 사람 중에는 예수의 친구도 있고 적도 있다. 시리아 인, 로마 인, 유대 인, 그리스 인, 페르시아 인 등등 여러 나라 사람이 등장한다. 또한 제사장, 철학자, 제자, 장사꾼, 양치기, 매춘부 등 직업도 제각각이다. 일부는 실존 인물이지만 일부는 가상 인물인 그들의 입을 통해 작가는 예수의 진정한 본질과 실체는 무엇인지, 그의 삶과 발자취가 우리에게 전하려 한 것은 무엇인지를 추구하고 있다.

《사람의 아들 예수》에는 작가의 예수에 대한 뜨거운 사랑이 배어 있다. 또한 레바논의 땅과 흙, 꽃과 나무, 바람과 석양을 배경으로 한 예수를 곳곳에 묘사함으로써 고향의 자연에 대한 사랑도 노래한다. 성경의 내용을 바탕으로 작가의 상상력을 보태어 완성한 이 작품은 시적인 문장으로 오늘날에도 변함없이 독자들에게 큰 사랑을 받고 있다.

◆ **줄거리와 등장인물에 대하여**

《사람의 아들 예수》는 일반적인 소설처럼 뚜렷한 줄거리가 있지는 않다. 여러 사람의 입을 빌려 예수라는 존재를 입체적으로 구성하는 내용이라 볼 수 있는데, 예수의 어린 시절과 청년 시절, 십자가 고난과 죽음 이후, 부활과 그에 대한 회상 등이 골자를 이룬다.

이 작품에 등장하는 인물 몇몇을 꼽아 보면 예수를 낳은 마리아의 어머니 안나, 세베대의 아들 요한, 예수의 여성 제자였던 라헬, 열두 제자 중 하나인 마태, 막달라 출신의 여인인 마리아, 로마 병사인 클라우디오, 예수를 따르던 사람들 중의 하나인 다윗, 그리스의 약사인 필레몬, 로마 총독이었던 본디오 빌라도 등등이다. 그들이 생의 한순간에 만났던 예수에 대해 보고, 느끼고, 경험했던 것을 독백체로 기술한 내용이 바로 이 책이다.

작가는 그렇게 역사 너머 2000년 전에 존재했던 옛사람들을 작품 속에 살아 숨 쉬게 만들었다. 즉, 현재의 인물로 소생시킨 것이다. 작가는 책의 앞부분에 여성 제자 라헬의 입을 빌려 예수가 과연 육신을 가진 사람인지, 아니면 우리 마음속의 정신인지, 혹은 인간의 신념 속에 들어온 어떤 이상인지를 회의한다. 그러나 다시 그녀의 입을 빌려 아무리 세월이 흘러도 예수에 대한 기억은 우리 마음속에서 결코 사라지지 않을 것이라고 고백한다.

수많은 등장인물 중 작가는 특히 예수를 배반한 유다에게 깊은 연민을 보인다. 애국심 탓에 예수를 배반하긴 했지만, 결국 양심의 가책으로 절벽에서 떨어져 죽은 유다를 한없이 불쌍히 여긴 것이다. 또 당시의 장사꾼과 의사의 눈에 비쳐진 예수, 무관심한 사람들의 눈에 비쳐진 예수에 대해서도 그들의 말로 증언하고 있다.

《사람의 아들 예수》는 '그로부터 1900년 후 레바논에서 온 사람'이란 제목의 기도로 끝을 맺는다. 레바논에서 온 사람은 바로 작가인 칼릴 지브란을 말하며, 기도에는 하느님에 대한 순수한 열망과 무한한 사랑이 충만하게 담겨 있다.

작품 해설

◆ 들어가기

서양에서는 아주 잘 팔리는 책을 두고 흔히 '성경 다음으로 가장 많이 읽히는 책'이라고 일컫는다. 이러한 꼬리표가 붙는 책으로는 아마 17세기 영국 작가 존 번연의 종교 소설 《순례자의 길》이 첫 손가락에 꼽힐 것이다. 동아시아 문화권에서 흔히 《천로역정》으로 번역하는 이 소설은 크리스천이라는 주인공이 천국에 이르는 과정을 그린 작품이다. 미국의 여성 작가 하퍼 리가 쓴 《앵무새 죽이기》도 그러한 책으로 가끔 꼽히기도 한다. 또 최근에는 조앤 K. 롤링이 쓴 환상 소설 《해리 포터》 시리즈도 그러한 영예를 안고 있다.

그러나 레바논 태생의 미국 작가 칼릴 지브란(1883~1931)이 쓴 책 《사람의 아들 예수》(1928)도 흔히 성경 다음으로 가장 많이 읽히는 책 중의 한 권으로 자주 꼽히고는 한다. 그도 그럴 것이 이 책은 지브란이 예수 그리스도에 초점을 맞추어 신약성서

4복음서의 내용을 간추린 책이기 때문이다. 판매 부수뿐만 아니라 그 내용에서도 성경과 가장 닮아 있는 책이다. 이 책은 지금까지 지브란의《예언자》와 함께 많은 독자들로부터 사랑을 받아 왔다. 심지어《사람의 아들 예수》를 '지브란이 쓴 복음서'로까지 일컫는 비평가도 있다. 물론 이 책은 성경을 토대로 하되 상당 부분은 지브란이 예술가적인 상상력의 힘을 빌려 살아있는 예수로 재창조한 것이다.

◆ **작품의 배경과 내용**

실긴 지브란의《사람의 아들 예수》는 예수 그리스도가 살아 있을 때 직접 예수를 만난 여러 사람들이 바라보고 경험한 예수에 대해 말하는 책이다. 이 책에서 지브란은 예수의 진실된 모직과 실체는 무엇인가? 그는 우리에게 무엇을 말하는가? 그의 삶과 발자취에서 우리는 무엇을 깨달을 수 있는가? 지브란은 이 책에서 이러한 문제에 초점을 맞추어 작가의 깊은 통찰력으로 예수의 참모습을 그려내려고 한다.

 이 책은 무엇보다 '사람의 아들'이라는 제목이 눈길을 끈다. 지브란은 예수를 '하느님의 아들'이 아니라 '사람의 아들'이라고 부른다. 이 점과 관련하여 함석헌은 일찍이 "여기서 특별히 예수를 '사람의 아들'이라고 말한 것은 지브란대로의 뜻이 있어서 하는 말이다. 사실 현대 기독교는 예수를 '하나님의 아들'로만 보고 '사람의 아들로서의 예수'를 못 보는 면이 많다. 지브란이 오히려 '사람의 아들 예수'를 통하여 '하나님의 아들 예수'를 보고 있는 점은 놀랍다."라고 말한 적이 있다.

함석헌의 말대로 이 책에서 지브란은 그의 놀라운 상상력을 발휘하여 2천여 년 전 그 시대 사람의 입을 빌려 예수의 모습을 생생하게 그린다. 예수의 모습을 그리는 사람 중에는 예수를 대척한 적들도 있고, 그의 동반자가 되고 그를 따르던 친구들도 있으며, 그를 존중하던 제자들도 있다. 예를 들어 제사장, 제자, 연설가, 이웃, 양치기, 철학자, 시인 등이 자신의 입으로 직접 예수의 참모습을 증언한다. 지브란은 예수에 대해 회의를 품는 현대인들에게 예수가 과연 어떤 인물이었는지 생생하게 보여 준다. 즉 그의 탄생으로부터 골고다 언덕의 십자가에 못 박혀 서른세 살의 젊은 나이로 사망할 때까지 예수의 참모습이 고스란히 드러나 있다. 물론 이 책에서는 갈릴리 나사렛에서 태어난 것으로 마리아의 어머니 안나가 회상을 하는 가공의 이야기가 전개되지만 말이다.

미술에서 원근법이란 화가가 그림을 그릴 때 일정한 시간과 공간에서 사물을 바라보는 방법을 말한다. 이때 소실점에서 벗어나는 사물은 제대로 볼 수 없다. 그러나 파블로 피카소를 비롯한 큐비즘 화가들은 이러한 르네상스적인 원근법을 버리고 사물을 입체적으로 파악하려고 하였다. 《사람의 아들 예수》에서 지브란이 시도하는 방법은 바로 입체적 방법에 가깝다. 대상을 여러 시점에서 관찰하여 파악하려는 입체파 화가처럼 지브란도 다양한 시점에서 예수의 참모습을 그려 내려고 시도했기 때문이다.

이 책에는 인간적인 예수를 보여 주기 위하여 많은 사람이 등장한다. 가령 요한, 마태, 막달라 마리아, 라헬, 아리마대의 요셉, 야고보, 니고데모, 도마, 철학자, 시인, 빌라도, 안나스, 유다, 유다의 어머니 등이 바로 그들이다. 그들은 하나같이 자신들의 삶의 한순간에 빛으로, 사랑으로 존재했던 예수를 만나고 배우고 헤어지고 한 경험을 고백하고 있다.

예를 들어 지브란은 세베대의 아들 요한의 입을 빌려 예수를 일컫는 여러 가지 이름들에 대하여 말한다. 여성 제자였던 라헬은 계시이면서 동시에 사람인 예수에 관하여 설명한다. 예수로부터 누구보다도 사랑받았던 제자 요한은 '말씀'에 대하여, 가나의 신부 라프카는 예수가 행한 기적에 대하여 말한다. 또한 대제사장 안나스는 선동자로서, 그리스의 약제사 필레몬은 인술을 베푼 의사로서 이야기한다. 이 밖에도 나사렛의 원로 우리

야는 이방인으로서의 예수, 나사렛의 이웃이었던 부자 레위는 훌륭한 목수였던 예수, 티레의 연설가 아사프는 연설가로서의 예수에 대하여 말한다. 또 유스투스라는 성을 가진 요셉은 나그네 예수, 그리스 시인 루마노는 시인으로서의 예수에 관하여 증언한다.

◆ **살아 숨 쉬는 예수의 모습**

칼릴 지브란의 《사람의 아들 예수》를 읽고 있노라면 우리처럼 살과 뼈가 있는 예수, 고통을 느끼며 눈물을 흘리는 인간 예수의 모습이 피부에 와 닿는다. 비단 예수뿐만 아니다. 그를 알고 있던 주변의 모든 사람도 지금 살아 있는 인물처럼 친근하게 느껴진다. 2천여 전의 시간과 공간을 훌쩍 뛰어넘어 지금 이 순간에 존재하는 사람들처럼 살아서 숨을 쉬고 있다.

지브란은 이 책의 첫머리에서 여성 제자였던 라헬의 입을 빌려 우리처럼 예수가 육신을 가진 인간인지, 우리 마음속의 정신인지, 또는 인간의 신념 속에 들어온 어떤 이상인지 의문을 품는다. 또 예수는 우리가 꿈꾸는 이상과 환상에 살을 붙이고 목소리를 담아 우리 자신처럼 실제로 존재하는 실체를 만들어 낸 것은 아닌지 회의를 품기도 한다. 그러나 라헬은 세월의 강물이 아무리 흘러도 '사랑이고 진리인' 예수에 대한 기억은 우리 마음속에서 영원히 사라지지 않을 것이라고 고백한다.

예수를 버리고 도망친 야고보는 한편으로는 자신의 비겁한 행동을 후회하고 다른 한편으로는 예수가 이 땅에 몸소 실천한 사랑의 의미를 되새긴다. "저는 올리브나무 숲 사이를 뚫고 혼자 달아났습니다. 제 마음 속에는 두려움 말고는 그 어떤 내면의 소리도 들리지 않았고, 그 어떤 용기도 남아 있지 않았습니다. 그날 밤 오직 살아남기 위해 숨을 곳을 찾아 두세 시간 도망치다가 새벽이 되어서야 저는 제가 여리고 마을 근처에 와 있다는 것을 알았습니다. 저는 제가 왜 그분을 두고 도망쳤는지 알 수가 없습니다."라고 고백한다. 그러면서 야고보는 계속하여 "하지만 서글프게도 저는 그분을 배신하고 말았습니다. 결국 그분은 십자가에 못 박혀 돌아가셨고, 그분의 피는 이 땅을 적셔 대지를 새롭게 했습니다. 그리고 저는 아직 살아서 그분이 이 땅에 실현시킨 자비로운 삶의 은혜 속에서 살아가고 있습니다."라고 말한다.

이 책에서 자연을 사랑하는 생태주의자 예수를 만날 수 있다는 점도 무척 흥미롭다. 시인 루마노는 예수가 허리를 굽히고 풀잎을 바라보던 모습을 떠올린다. 가끔 나는 그가 풀잎을 만지려고 허리를 굽히는 모습을 보았다. 내 마음은 그의 목소리를 들었다.

"참 작고 파릇파릇한 생명이구나. 내 나라로 함께 가자, 베산의 참나무와 레바논의 삼나무처럼."

오늘날 온난화로 지구가 몸살을 앓고 있다. 지구가 이렇게 망가진 데에는 서구 기독교의 역할이 적지 않다고 지적하는 학자들이 있다. 모든 피조물 중에서 신의 형상대로 빚어졌다는 이유만으로 야훼는 인간에게 만물을 지배하고 그 위에 군림하는 권한을 부여했기 때문이다. 그러나 구약성서는 몰라도 적어도 신약성서에 나타난 예수의 행적은 오히려 지구를 살리려고 노력한 생태주의자에 가깝다. 루마노가 고백하듯이 예수가 작은 풀잎 하나에도 관심을 기울인다.

◆ 작가 소개

칼릴 지브란은 1883년 레바논 북부 베챠리에서 태어났다. 그의 부모는 그가 어렸을 적에 가난과 터키의 폭정을 피해 미국으로 이민을 가 보스턴에 정착하였다. 그러나 칼릴 지브란은 열다섯 살 때 다시 레바논 베이루트로 가서 공부하였다. 그 뒤 미국에 정착하여 아랍어와 영어로 작품을 쓰기 시작하였다. 칼릴 지브란은 철학자이자 시인이요 소설가이자 화가이기도 하다.

그의 대표작으로는《사람의 아들 예수》를 비롯하여《예언자》,《부러진 날개》,《눈물과 미소》,《방랑자》,《영혼의 반항》등이 있다. 그는 주옥같은 잠언을 많이 쓴 것으로 유명하다. 스무 살을 전후하여 영어로 쓰기 시작하여 20여 년 만에 완성한《예언자》는 흔히 라빈드라나트 타고르의《기탄잘리》이후 동양에서 나온 '가장 아름다운 목소리'라는 찬사를 받았다. 그는 간경변과 결핵으로 1931년에 마흔여덟 살의 젊은 나이로 뉴욕 시에서 사망하였다.